I0564851

BSALON

TRAGEDIE.

ar le R. P. Pierre-Xavier
Marion de la Compagnie
de Jesus.

A MARSEILLE,

hès la Veuve de J. P. Brebion, Imp.
du Roi, de Mgr. l'Evêque, de la Ville
& du Collège de Belsunce.

AVEC PERMISSION.

M. DCC. XL.

A MONSEIGNEUR

ILLUSTRISSIME ET REVERENDISSIME

HENRY·FRANCOIS·XAVIER

DE BELSUNCE
DE CASTELMORON

ÉVEQUE DE MARSEILLE.

ENEREUX Protecteur des Filles
de Mémoire,

Prélat * , qui parmi nous as réta-
bli leur gloire,

ouffres que dans ce jour, ces Mères des
beaux Arts,

S'aplaudiffent d'avoir merité tes regards,

Et que te confacrant leurs chanfons im-
mortelles,

* M. de Marfeille eft Fondateur du Collège.

Elles faffent pour Toi , ce que tu fais pour
  elles.

Non , elles ne fauroient perdre le fouvenir

Du repos précieux dont tu les fais joüir.

Ici , de tes bontés tout leur offre l'image ;

Leurs biens font tes faveurs , leurs fuccès
  ton ouvrage.

Elles n'ont pas befoin , pour briller en ces
  lieux ,

De mandier ailleurs un laurier glorieux;

Le célèbre renom , l'éclat que Tu leurs
  donnes ,

Leur tiendra toujours lieu des plus belles
  couronnes :

Puiffent-elles pour prix de ces bienfaits divers ,

Sufpendre tes travaux au fon de leurs con-
  certs.

 Melpomene aujourd'hui te retrace l'hiftoire.

D'un Roi , qui d'Ifraël fut l'amour & la
  gloire :

Dieu qui voulut en faire un Roi felon fon
  cœur ,

Fit éclater en lui fa force & fa douceur.

Père de fes Sujets , ami tendre & fincère,

Zélateur de la Loi , foutien du Sanctuaire ;

De l'infidélité fon bras fut la terreur,

Et fes combats étoient les combats du Sei-
       gneur.

Envain fes ennemis animés par l'envie ,

Oférent traverfer une fi belle vie ;

Envain un fils ingrat s'éleve contre lui ,

Dieu venge fa querelle & devient fon apui ;

Il diffipe , il confond leurs ligues crimi-
       nelles ,

Et couvre l'innocence à l'ombre de fes aîles.

   Mais tracer de David le fidèle portrait ,

BELSUNCE , n'eft-ce pas te peindre trait
       pour trait ?

Je ne dis rien ici des Héros de ta Race,

Ils n'ont rien fait de grand , que ta vertu
       n'efface :

Leur bras a foutenu le Trône de nos Rois,

Et le Ciel t'a formé pour défendre fes droits.

Du fein de l'ignorance & de l'hypocrifie,

Je vois avec horreur s'élever l'héréfie ,

De fes dogmes pervers répandre la noirceur ;

Nous faire un Dieu cruel, d'un Dieu plein
de douceur ;

Et sans apréhender l'éclat de son tonnerre,

Oser charger le Ciel des crimes de la Terre.

Elle paroit, se cache & se glisse avec art ;

Elle est partout & feint de n'être nulle part.

Cette Hydre cependant, de ses débris énor-
mes,

A beau, pour nous tromper, renaître en
mille formes ;

Ses frivoles détours, ses replis tortueux,

Ne sauroient, Grand Prélat, échaper à tes
yeux.

Tes sublimes Ecrits, ta divine éloquence,

Ces traits dont le Seigneur t'arma pour sa
défense,

Toujours sûrs du succès, fondent de toutes
parts,

Et percent de l'erreur les ténébreux remparts :

Que pour elle l'Enfer se déclare & conspire,

Tu parois, elle fuit : tu frapes, elle expire.

Mais ce que l'univers admire encore plus,

C'est de te voir au zèle unir tant de vertus ;

Elles font à nos yeux revivre ces exemples,

Qui dans les premiers tems ont mérité des
temples.

Le pauvre abandonné, le timide orphelin,

Ne craint point de verser ses larmes en ton
sein.

Sur eux, à pleines mains, tu répands tes
largeſſes,

Et tes propres tréſors deviennent leurs ri-
cheſſes.

Jamais dans leur Saint Roi, d'infortunés
Hébreux

Pûrent-ils éprouver un cœur plus généreux,

Quand le Ciel autrefois indigné de nos crimes,

Dans ſa juſte fureur, nous choiſit pour vic-
times ;

Ne t'avons-nous pas vû, partageant notre
fort,

Pour conſerver nos jours, t'expoſer à la
mort ?

Quel ſpectacle ! ô Marſeille autrefois ſi
vantée !

Au faîte du bonheur, n'étois - tu donc
    montée,
Que pour voir en tes murs, par un affreux
    revers,
Le silence, la mort & l'horreur des Enfers?
Envain de la pitié cherche-t-on quelque
    reste?
On se craint, on s'évite, on meurt, on se
    déteste.
Parmi les cris aigus & les frémissemens,
BELSUNCE seul paroit avoir des sentimens:
Son rang & son repos, ses tréfors & sa vie,
Est-il en ces malheurs rien qu'il ne sacrifie?
La foi qui le soutient intéresse les Cieux;
Il prie, & le Seigneur écoute, enfin, ses
    vœux.
De son Ange vengeur il retient la colère,
Et pardonne aux enfans pour les vertus du
    Père.
   Peuples, qui devez tout à ces excès
    d'amour,
Qui leur devez la foi, qui leur devez le
    jour;

Allez, allez graver au Temple de Mé-
     moire,
De ces rares bienfaits la glorieuse histoire;
Et portez d'âge en âge à vos derniers ne-
     veux,
Ce que BELSUNCE a fait, & pour vous
     & pour eux.

SUJET

DE LA TRAGEDIE.

LA révolte d'Abſalon, la triſte ſituation où il réduiſit ſon Père, la fin funeſte de ce fils dénaturé, & le retour glorieux de David, ſont un morceau des plus touchans & des plus inſtructifs que l'Hiſtoire ſainte nous ait conſervés. Une main habile avoit déja eſſayé de traiter ce ſujet pour le mettre ſur un Théatre Chrêtien ; mais les libertés que cet Auteur s'eſt donné de changer le caractère d'Abſalon, & de ſubſtituer des faits contraires à ceux qui ſont le plus expreſſément raportés dans l'Ecriture, ont tellement défiguré ce point hiſtorique, qu'on peut le regarder comme n'ayant pas encore été traité ; c'eſt ce qui nous a enhardi à reprendre cette matière, & à donner une nouvelle Tragédie d'Abſalon, ſans craindre de paſſer pour plagiaires, même dans le choix du ſujet.

Nous avons néanmoins ſenti que l'action d'un fils qui ſe revolte contre le meilleur des Pères, ſans autre motif que de lui ravir la Couronne, avoit quelque choſe de ſi exceſſivement noir, qu'on auroit de la peine à la ſuporter ſur le Théatre, mais heureuſement l'Ecriture nous fournit elle-même un moyen de diminuer l'horreur d'une telle entrepriſe. Lorſqu'Adonias voulut ſe faire reconnoitre pour Roi, Bethzabée s'adreſſa à David, & lui dit : *Seigneur, ne m'avez-vous pas juré que Salomon regneroit après vous, & que c'étoit lui que vous deſtiniez à s'aſſeoir ſur votre Trône ?* De ces paroles il ſuit, qu'il y avoit déja du tems que David avoit jetté les yeux ſur Salomon, pour en faire ſon ſucceſſeur ; & rien n'empêche de croire que ce choix n'eût été projetté avant la révolte d'Abſalon ; Salomon devoit avoir alors huit-à-neuf ans ; la ſageſſe & l'eſprit de Dieu commençoient à ſe manifeſter en lui ; David avoit des sujets de mécontentement de la part d'Absalon ; il n'en faut pas davantage, pour autorifer ce fentiment, lequel d'ailleurs n'a rien de contraire à la fuite de l'Hiftoire Sainte.

C'eft dans ce point de vûë, que nous avons réünis & les différentes parties de l'action & la totalité de l'intérêt. Le projet qu'a formé David de choifir Salomon pour fon Succeffeur, irrite Abfalon, qui croit que la Couronne lui eft dûë par les droits de fa naiffance ; Abfalon irrité fe révolte ; fa révolte conduit ce Prince à fa perte ; & fa perte léve tous les obftacles qui s'opofent au choix que David prétend faire de Salomon.

Pour le fond de l'Hiftoire, nous avons taché de le conferver tel qu'il eft dans l'Ecriture ; feulement nous en avons retranché quelques circonftances ou peu intéreffantes ou trop éloignées de nos mœurs ; je ne parle pas des tems & des lieux qu'il a falu néceffairement raprocher, pour rendre l'action théatrale.

Le caractère de Joab, tel qu'il eft dépeint dans l'Ecriture, ambitieux dans fes vûës, fourd dans fes pratiques & haut à l'exécution : ce caractère, dis-je, nous a autorifé à faire de ce Général des Armées de David, l'auteur fecret de la révolte ; d'autant plus qu'il eft certain, que dans toute la fuite de cette affaire, il ne parut point agir avce droiture, mais feulement par des vûës d'intérêt & d'ambition.

L'impétuofité & l'imprudence d'Abfalon, la malice réfléchie d'Achitophel, la foupleffe de Chufaï, dont l'Ecriture juftifie la conduite par la droiture de fes intentions, l'innocence & les hautes deftinées de Salomon, l'amour paternel de David, & furtout la Réligion de ce Prince, qui le foutient dans les plus grands revers, font encore des richeffes tirées du fond de l'Ecriture fainte, & que nous avons taché de mettre en œuvre. Nous fentons combien nous fommes reftés au-deffous du point de perfection qu'exigeoit un fujet fi moral & fi touchant ; mais on nous rendra du-moins la juftice de croire, que nous l'avons aperçû, & que nous avons fait nos efforts pour y parvenir.

ACTEURS.

DAVID.

ABSALON.

SALOMON.

SADOC, *Grand-Prêtre.*

JOAB, *Général des Armées de* DAVID.

CHUSAI, *Ami de* DAVID.

ACHITOPHEL, *Ami d'* ABSALON.

ASAPH, *Ami de* JOAB.

ETHAI, *Chef des* GÉTHÉENS.

JONATHAN, *Capitaine des Gardes.*

LEVITES.

GARDES.

La Scène est à Jerusalem dans un Vestibule commun à l'apartement de David & au Tabernacle.

ABSALON

TRAGEDIE.

ACTE PREMIER.

❧❧❧·❧❧❧·❧❧❧·❧❧❧·❧❧❧·❧❧❧·✳·❧❧❧·❧❧❧·❧❧❧·❧❧❧·❧❧❧·❧❧❧

SCENE I.

JOAB, ASAPH.

ASAPH.

Par votre ordre, Seigneur, j'ai jufques en
  Hébron
Accompagné les pas de l'heureux Abfalon.
Il regne : & nos Tribus fecoüant la contrainte,
Déja... Mais en ces lieux puis-je parler fans crainte ?

JOAB.

David avec effroi, dans fon apartement,

Aprend par Ethaï ce grand évenement.

Tu peux , en attendant., me parler & m'inftruire.

N'ômets rien ; cher Afaph ! puifqu'il faut te le dire ;

C'eft moi., qui fourdement ai ménagé ce coup;

Juge fi je m'y dois inréreffer beaucoup.

ASAPH.

Vous avez vû , Seigneur, par quelle heureufe adreffe ,

Abfalon de David a furpris la tendreffe ,

Et fous quelle aparence il quitta ce Palais .,

Pour aller en Hébron accomplir fes projets.

On ne foupçonnoit point ce Prince d'artifice;

Il alloit , difoit-il , offrir un facrifice.

David lui-même ofa s'en fier à fa foi :

Il partit ; mais ce fut moins en Sujet qu'en Roi.

On le voit précedé d'une efcorte nombreufe ;

Une troupe d'amis fuit fa marche orgüeilleufe ;

Les uns étoient inftruits de fes vaftes deffeins ;

De palmes & de fleurs ils jonchoient les chemins :

Les autres accourus au bruit de fon paffage ,

Comme au Fils de leur Roi, venoient lui rendre hommage ,

Et ne pouvoient penfer que la Réligion

Dût fervir de prétexte à la rebellion.

 Cependant il arrive en ce féjour tranquile ,

Que fon Père autrefois choifit pour fon azile ,

Lorfqu'Abner de la guerre allumant le flambeau ,

Voulut lui difputer fon empire nouveau.

D'abord de son voyage il annonce la cause;
A seconder ses vœux en foule on se dispose;
Hébron ne vit jamais un Jour si solemnel,
Et déja la victime est conduite à l'Autel :
Mais à peine son sang a fait rougir la terre,
Que dans ce lieu de paix on voit naître la guerre.
Dans les airs aussi - tôt s'élevent mille cris ;
Du malheureux David on proclame le Fils.
Le Peuple est étonné; le Sacrifice cesse.
La troupe conjurée autour de lui s'empresse,
Et s'écrie à l'instant : Vive, vive Absalon !
C'est lui qui désormais doit regner en Sion.
David est rejetté; sa grandeur éclipsée,
Par l'ordre de Dieu même, à son Fils est passée.
Craignez, Peuples, craignez de reprouver son choix!
C'est le Ciel qui dépose & couronne les Rois.
   La révolte à ces mots, de tous les cœurs s'empare:
On croit pour Absalon que le Ciel se déclare,
Et tous viennent en foule autour du nouveau Roi,
Lui prêter leur hommage, & lui jurer leur foi.
D'Hébron jusqu'au Jourdain on répand les allarmes;
On s'assemble, on conspire, on court, on vole aux armes;
Et partout Israël, la discorde en fureur,
Jette dans les esprits l'épouvante & l'horreur.
Plusieurs Chefs de ce Prince embrassent la défense,
Et le fier Ephraïm reconnoit sa puissance :
Auprès de lui la troupe augmente à chaque instant;
Enfin, pour achever son projet éclatant,

Je le preſſe moi-même à venir en perſonne,
Dans Sion aujourd'hui s'aſſurer la Couronne ;
Et pour mieux l'engager, je lui fais entrevoir
Que Joab veut encor l'aider de ſon pouvoir.

J O A B.

Aſaph, à ce récit je reconnois ton zèle,
Et n'attendois pas moins d'un ami ſi fidèle.
Quel effet cependant ſur l'eſprit d'Abſalon,
Produiſent les ſuccès de ſa rébellion ?
Dis-moi ? D'un tel éclat que faut-il qu'on attende ?
Penſes-tu que ce Prince aura l'ame aſſez grande,
Pour pouſſer juſqu'au bout ſon projet orgüeilleux ?
Qu'as-tu lû dans ſon cœur ? Qu'as-tu vû dans ſes yeux ?
S'alarme-t-il au nom de perfide & de traître ?
Eſt-il timide, ou fier ? & ſent-il qu'il eſt Maître ?

A S A P H.

Doutez-vous qu'Abſalon de colère enflâmé
Ne ſoit à ſe venger toujours plus animé,
Et qu'au déſir ardent qu'il a du Diadême,
Il n'immole ſon Frère & ſon Père lui-même ?
Entreprenant, hardi, mais plus ambitieux,
Il voit une Couronne enlevée à ſes vœux ;
Et pour qui ? Pour le Fils d'une injuſte marâtre,
Pour ce Fils dont David fut toujours idolâtre.
Jugez ſi déſormais ce Prince peut changer,
S'il doit craindre ſon Père, ou bien le ménager.
C'en eſt fait : Quelqu'affreux que puiſſe être ſon crime,
Pour perdre Salomon, il croit tout légitime.

On

On peut de l'avenir juger par le paſſé :

Par le meurtre d'Amon ſa main a commencé ;

A ſon ambition il immola ce Frère.

Envain prétexta-t-il une juſte colère ;

C'étoit moins pour venger l'affront fait à ſa Sœur,

Que pour ſe voir du Trône un jour le poſſeſſeur.

Il eſt vrai qu'il n'eſt pas affranchi du murmure

Qu'au cœur d'un fils rebelle excite la nature ;

Mais elle parle envain ; par de ſages efforts,

Achitophel a ſoin de calmer ſes remords ;

Il fait...

JOAB.

Achitophel ! je commence à comprendre

Qu'avec un tel Miniſtre ; il peut tout entreprendre.

Ses conſeils l'ont rendu fameux en Iſraël,

Et l'on vante partout le ſage Achitophel.

Il a ſû ſous David, en Courtiſan habile ;

D'un dehors de vertu faire un uſage utile ;

Mais l'obſervant de près ; je l'ai vû ſuivre en tout

La vertu par deſſein , & le crime par goût.

Ses conſeils à David commençoient à déplaire ;

Et ſont pour Abſalon d'un ſecours néceſſaire.

Ce Prince regnera , s'il écoute ſa voix.

Mais ſi , par imprudence , & retractant ſon choix ;

Il ne ſuit le conſeil de ce ſage Miniſtre,

Je n'aperçois pour lui qu'un avenir ſiniſtre.

Non , non , pour uſurper ou gagner des Etats,

La ſoif de les avoir ſeule ne ſuffit pas.

Ce Prince trop fougueux & ſans expérience

B

Pourroit tout perdre encor , en manquant de prudence :
Je veux qu'il foit hardi , vaillant , ambitieux ;
Mais rempli de lui-même , & trop préfomptueux ,
On peut, en le flatant, aifément le féduire ,
Et par-là lui ravir la Couronne & l'Empire.

ASAPH.

Il eft vrai : Mais enfin , fi Joab aujourd'hui ,
Suivi de fes Soldats , fe déclare pour lui.

JOAB.

Attendons : c'eft affez d'animer fa colère ....
Peut-être contre lui dois-je fervir fon Père.

ASAPH.

Ce difcours me furprend ! Vous balancez , Seigneur ,
Et vous doutez encor d'agir en fa faveur !
Eft-ce donc là l'effet du zèle qui vous preffe ?

JOAB.

Moi ! que pour Abfalon ici je m'intéreffe !
Ah ! connois mieux , Afaph , un homme tel que moi ;
Qu'importe que le Père , ou que le Fils foit Roi ?
S'attacher à l'un d'eux , c'eft d'une ame commune :
Si je m'attache , moi , ce n'eft qu'à ma fortune :
Le refte ne m'eft rien.

ASAPH.

    Pourquoi donc avez-vous
Du Fils contre le Père allumé le courroux ?
Daignez-vous expliquer à mon zèle fincère ?

JOAB.

Ecoute : Je veux bien t'éclaircir ce myftère.
Tu m'as vû , cher Afaph , depuis plus de cinq ans ,

Près du Roi, confondu parmi ſes Courtiſans,
Sans rang & ſans honneur ; mais ſurtout ſans puiſſance ;
Trainer mes plus beaux jours au ſein de l'indolence.
Quel état pour un cœur, qui devroit à ſes loix
Soumettre ſes égaux ; & peut-être des Rois.
Envain, mes faits guerriers qu'en tous lieux on admire ;
Ont affermi le Trône, & conſervé l'Empire ;
Du ſouvenir du Roi tous ſemblent effacés :
Les Grands craignent toujours les ſervices paſſés :
Ils s'attachent à vous dès que le péril preſſe ;
Mais avec le péril expire leur tendreſſe.
Auſſi, pour faire encor revivre mes exploits ;
Pour me remettre au rang où j'étois autrefois,
Je n'ai point craint, Aſaph, ſur ces rives tranquiles ;
D'exciter en ſecret les diſcordes civiles :
Abſalon m'a parû propre pour ce deſſein.
J'ai moi-même ſoufflé la diſcorde en ſon ſein :
J'ai flaté cet orgüeil dont ſon ame eſt ſaiſie.
J'ai loüé ſa valeur ; piqué ſa jalouſie ;
Et montrant à ſes yeux Salomon couronné,
A la révolte enfin je l'ai déterminé.
    Si la crainte pourtant d'une guerre étrangère
Eût pû rendre à David mon ſecours néceſſaire,
J'euſſe ailleurs contre lui cherché des ennemis ;
Mais en eſt-il encor que mon bras n'ait ſoumis ?
Leurs efforts n'ont ſervi qu'à rehauſſer ma gloire ;
Ils livroient des combats, je gagnois la Victoire.
Eh ! que ſont devenus Amalec & Moab ?
Ils ſont tous conſternés au ſeul nom de Joab.

Pour être aux deux Partis également utile,
Il ne me restoit donc qu'une guerre civile.
Elle éclate : Absalon compte sur mon secours ;
Et David à moi seul ne peut qu'avoir recours.
A ce point où je suis, voi ce que je puis faire :
Je puis perdre le Fils, en conservant le Père ;
Ou si je crois le Fils plus digne de mon choix,
Ma main peut le placer au Trône de nos Rois.

A S A P H.

L'alarme cependant commence à se répandre.
Vos Braves incertains du parti qu'il faut prendre,
N'attendent que votre ordre.

J O A B.

     Ils l'auront aujourd'hui.
Toi ! Va-t-en au-devant d'Absalon, & dis-lui,
Vers nos murs effraïés qu'au-plûtôt il se rende,
Et qu'à la Porte Sainte Azarias commande ;
Mais, afin que ses pas ne soient point arrêtés,
Qu'il prenne, en y venant, des chemins écartés.
Voilà l'occasion que pour lui je ménage ;
S'il sait en profiter, j'acheve son ouvrage.
Mais s'il ne fait pousser ses succès qu'à demi,
Il ne trouve dès-lors en moi qu'un ennemi ;
Et je veux que son Père affermi sur le Trône
Croie encor me devoir la vie & la Couronne.
J'entends du bruit, Asaph, je compte sur ta foi.
Pars, & viens au-plûtôt te rendre auprès de moi.

SCENE II.

DAVID vient avec ETHAI, JOAB.

DAVID à Ethaï.

ALLEZ, à votre Roi foyez toujours fidéle,
Et portez à Sadoc cette triste nouvelle.
Et toi ! qui partageas mes travaux glorieux,
Joab, tu fais pourquoi je t'apelle en ces lieux ?
Mon fils ! mon propre fils ! cet Abfalon que j'aime,
Veut m'arracher du front le Sacré Diadême.
L'ingrat !

Ethaï
fort.

JOAB.

Je fai, Seigneur, le funefte deffein,
Qui lui met en ce jour les armes à la main.
Je n'ai que trop apris le tranfport qui le guide,
Les vœux qu'en fa faveur forme un Peuple perfide ;
Et que pour mettre enfin le comble à tant d'horreurs,
Il vient contre vous - même exercer fes fureurs.

DAVID.

Fils cruel ! eft - ce là le prix de ma tendreffe ?
Ciel ! n'armeras - tu point ta foudre vengereffe ?
Mais non : je l'aime encor malgré fes cruautés.

JOAB.

Il n'a que trop joïi, Grand Roi, de vos bontés ;
Moi-même en fa faveur, je frémis, quand j'y penfe.
J'ai fans doute trop loin pouffé la complaifance,
Lorfque de votre Cour juftement exilé,

Vous l'avez, par mes soins, près de vous rapellé.
Il est tems qu'à l'amour succéde la colère.
S'il n'est plus votre Fils, ne soyez plus son Père.

DAVID.

L'insensé veut mon Trône ! Espére-t-il l'ôter
A celui que le Ciel veut y faire monter ?
Ou croit-il qu'à mon gré destinant la Couronne,
Sans l'aveu du Seigneur, je l'ôte, ou je la donne ?
Si sur un Successeur, je devois prononcer,
Mon choix, par mon amour, pourroit se balancer;
Et peut-être à mes dons, malgré sa perfidie,
L'ingrat auroit encor la meilleure partie.

JOAB.

C'est cet amour fatal qui le rend inhumain,
Et qui pour lui du crime aplanit le chemin :
Oubliez un ingrat, punissez un coupable;
Il le faut accabler avant qu'il vous accable.
Les momens nous sont chers ; la révolte s'étend :
C'est tout perdre, Seigneur, que de perdre un instant.
Qu'ordonnez-vous ?

DAVID.

Eh bien : je veux aller moi-même,
Oüi : Je veux m'opofer à cette audace extrême.
Les traîtres pourront-ils soutenir devant moi,
Les reproches d'un Père & les regards d'un Roi ?

JOAB.

Ah ! Seigneur ! arrêtez. Que prétendez-vous faire ?
Voulez-vous exposer le Sacré Caractère

Que le Ciel a gravé fur ce front glorieux
Aux premières fureurs d'un Peuple audacieux ?
Le fuperbe Abfalon pourroit vous méconnoitre.
Qu'eft - ce qu'un Père , alors qu'on veut devenir Maître ?
Ce n'eft qu'à Salomon qu'il en veut aujourd'hui ;
Mais il peut vous percer , pour aller jufqu'à lui.

Cependant des mutins quelle que foit l'audace ,
Nous faurons écarter le fort qui vous menace ;
Malgré les noirs complors de ces fiers ennemis ,
Nous trouverons encor des Soldats , des amis ;
Et quoique contre nous ils ofent entreprendre ,
Joab & votre nom fauront bien vous défendre.

DAVID.

J'aprouve tes raifons : Va fous mes Etendarts ,
Raffembler au - plûtôt mes Bataillons épars :
Vers les bords du Cédron fais marcher ton Armée
Sous tes loix dès longtems à vaincre accoutumée.
Là , tu peux d'Abfalon reprimer les efforts ,
Ou modérer du moins fa fougue & fes tranfports.

JOAB.

Je cours pour embraffer votre jufte défenfe.

DAVID.

Parts : Mais de ton ardeur retiens la violence.
Epargne mes Sujets , quoique mes ennemis ;
Et fouviens - toi toujours que leur Chef eft mon fils.

SCENE III.

DAVID *seul*.

PROTECTEUR d'Ifraël, mon foutien & ma gloire !
Dieu Puiffant ! c'eft de toi que j'attens la victoire !
C'eft pour ce Fils chéri que j'implore ce bras,
Qui fut jadis ma force au-milieu des combats.
Confonds de ces pervers les ligues criminelles,
Et couvre Salomon de l'ombre de tes aîles,

SCENE IV.

DAVID, CHUSAI.

CHUSAÏ.

O Roi trop malheureux !

DAVID.

Eh bien cher Chufaï !

CHUSAÏ.

Ah Seigneur ! tout vous quitte, & vous êtes trahi,
Ce n'eft plus un vain Peuple aveugle & fans conduite ;
C'eft des Chefs d'Ifraël & la force & l'élite.
Le vaillant Amafa, le fage Achitophel,
Dans le Camp d'Abfalon . . .

DAVID.

Achitophel ! ô Ciel !

A quèls coups déformais ne dois-je pas m'attendre ?
Des traits d'Achitophel qui pourra nous défendre ?
Grand Dieu ! vous le voulez : tout m'abandonne ici :
Chuſaï ! voulez-vous m'abandonner auſſi ?

CHUSAÏ.

Moi ! vous abandonner ! vous mon Roi ! vous mon Maître !
Ah ! périſſe plûtôt le jour qui m'a vû naître,
Avant que d'oublier David en ſes malheurs ?
Pouvez-vous en douter ? Jugez-en par mes pleurs ? *   * Il ſe jette à
                                                       ſes genoux.

DAVID.

Leve-toi ! c'eſt aſſez : Dans ces revers funeſtes,
Je n'ai pas tout perdu, puiſqu'enfin tu me reſtes.

SCENE V.

DAVID, CHUSAI, SADOC.

DAVID,

PRETRE du Dieu Vivant, venez, aprochez-vous,
Le Seigneur à David fait ſentir ſon courroux.

SADOC.

Quoi ! d'un tel attentat un Fils eſt-il capable ?

DAVID.

Ce n'eſt pas le ſeul coup dont la rigueur m'accable,
Vous ignorez encor de mes maux la moitié.
Voyez combien mon ſort eſt digne de pitié.
Celui que j'honorois de toute mon eſtime ;

Que j'ai placé moi - même au rang le plus fublime ;
Qu'on voyoit à ma table , à mes côtés affis ,
Tenir le premier rang parmi mes Favoris ;
Qui fut de mes fecrets le feul dépofitaire ;
Que je traitai toujours moins en Sujet qu'en Frère ;
Enfin Achitophel m'abandonne aujourd'hui ,
Et de mon Fils rébelle eft devenu l'apui.

Ah ! fi dans ce complot guidé par l'imprudence ,
Abfalon n'écoutoit qu'une fole vengeance ,
Il refteroit encore en mon cœur quelque efpoir :
La nature rendroit mon Fils à fon devoir ;
Mais aidé des confeils de cet homme perfide ,
Rien ne peut l'arrêter , il court au parricide.

S A D O C.

Dieu vous frape ! il eft vrai . . . Mais malgré fa rigueur ,
Il ne rejette point un Roi felon fon cœur.
L'efpoir que j'en conçois ne peut être frivole.
Il l'a juré lui - même , il tiendra fa parole.
Il peut par des refforts inconnus aux humains ,
Du traître Achitophel confondre les deffeins ;
Et repouffant fur lui les traits de fa malice ,
Faire aux fiècles futurs admirer fa juftice.

SCENE VI.

SADOC, DAVID, CHUSAI, ETHAÏ
qui conduit SALOMON·

SALOMON.

O Mon Pere ! qu'entends-je ? Eh que m'a-t-on apris ?

DAVID.

Venez, c'eſt en vous ſeul que je trouve un vrai fils !

SALOMON.

Hélas ! que vos malheurs m'ont fait verſer de larmes !

DAVID.

Le danger où je ſuis me cauſe peu d'alarmes.

SALOMON.

Abſalon contre un Père oſer armer ſes mains !

DAVID.

Mon fils ! c'eſt moins pour moi que pour vous que je
crains.
A moins que , comme Amon , il ne vous ſacrifie ,
Sa fureur pour regner ne peut être aſſouvie.
Il ne voit plus dans vous qu'un odieux Rival,
Et dans moi qu'un obſtacle à ſes deſſeins fatal.
Dans ſes noires fureurs il ne ſauroit connoitre ,
Ni le devoir d'un Fils , ni le pouvoir d'un Maître.

SALOMON.

Si pour vous conſerver le Trône , il faut périr ,
A la mort dès ce pas vous me verrez courir.
Comme un autre Iſaac offert en ſacrifice ,
Puiſſe - je par mon ſang rendre le Ciel propice !

DAVID.

Le Seigneur est le Maître , & peut seul à son choix ,
Renverser de leur Trône , & relever les Rois :
Ma Couronne est son bien , ma vie est son ouvrage ;
Il peut me les ravir , sans me faire un outrage.
Ce que je crains... Mais non : J'espére que sur vous ,
Le Seigneur , ô mon Fils ! n'étendra pas ses coups...
Sadoc , à mon défaut , vous tiendra lieu de Père.
Voilà deux Serviteurs , dont le zèle sincère
Mérite que sur eux vous mettiez votre apui.

CHUSAÏ.

Je répandrai mon sang & pour vous & pour lui.

ETHAÏ.

Pour vous servir tous deux , puisse-je sur ma tête ,
Aux dépens de mes jours , attirer la tempête.

SADOC.

Ranimez votre foi : Favorable à vos vœux ,
Le Tout-Puissant protège un sang si précieux.

DAVID.

Pontife du Seigneur ! dans cet état funeste ,
Aidez-nous à calmer la colère céleste.
Vous , mon fils ! dont le sort est le seul que je plains ,
Venez lever au Ciel vos innocentes mains.
Mon Dieu ! si mes péchés attirent ta vengeance ,
Sauve au-moins cet enfant , & voi son innocence.
    Pour moi trop criminel , il faut que devant toi ,
J'aille me prosterner en pécheur , non en Roi. ✻
De tes mains autrefois je reçus la Couronne ,

Aujourd'hui dans tes mains, Seigneur, je l'abandonne,
Qu'Abſalon connoit peu, dans ſon égarement,
Les ennuis attachés à ce triſte ornement.
Tenez, prenez, mon fils! *

* Il remet la Couronne entre les mains de Salomon.

S A L O M O N.

Ah! quel deſſein, mon Père!

C H U S A Ï.

Quel ſpectacle affligeant! Que prétendez-vous faire?

D A V I D.

Ce que doit faire un Roi que le bras du Seigneur
Frape, pour le punir dans ſa juſte fureur.

S A D O C.

Ah! Grand Roi! diſſipez le funeſte nuage,
Qu'offre à nos cœurs émûs un ſi triſte préſage.
Le Dieu qui vous remit cet ornement Sacré,
Sur votre auguſte front veut qu'il ſoit reveré,
Reprenez-le, Seigneur!

D A V I D.

Je ne dois le reprendre,
Que lorſque l'Eternel daignera me le rendre.
Elevé ſur Juda, mais ſoumis au Seigneur,
Ce Sceptre n'a jamais enorgüeilli mon cœur:
Dieu peut me le ravir, j'en fais le ſacrifice,
Sans oſer murmurer des coups de ſa juſtice.
Mais ſi jamais, mon fils, il paſſe en votre main,
Qu'il protège toujours le pauvre & l'orphelin. *

* Il remet ſon Sceptre entre les mains de Salomon.

S A L O M O N.

Ah! ſi vous le quittez, pourrai-je encore vivre?

Regnez : fur vos leçons que j'aprenne à vous fuivre.

CHUSAÏ.

Voulez-vous donc, Seigneur, délaiffer Ifraël ?

ETHAÏ.

Nous fommes vos enfans.

DAVID.

Allons de l'Eternel,
Prêtre du Dieu Vivant, interroger l'Oracle.
Portez ces Ornemens dans fon Saint Tabernacle,
Vous, mon fils. Mais pendant que je vais dans les pleurs,
Aux piés de l'Eternel, aporter mes douleurs,

*à Ethaï.   * Voyez ce que Joab a de troupes fidèles,
Et fuivez avec foin tous les pas des rebelles.

ETHAÏ.

Je pars.

DAVID.

Vous, Chufaï, d'un peuple dans l'effroi,
Ranimez en ces murs le zèle pour fon Roi.

CHUSAÏ.

J'obéïs ; & malgré tous les complots des traîtres,
Je faurai lui montrer ce qu'il doit à fes Maîtres.

Fin du premier Acte.

ACTE SECOND.

SCENE I.

DAVID, SADOC.

DAVID.

Ainsi le Tout-Puissant insensible à mes pleurs,
Vient de mettre le comble à mes vives douleurs.
A mon rébelle Fils il faut céder le Trône,
Il faut quitter Sion, c'est Dieu qui me l'ordonne.
Quel triomphe, Sadoc, pour nos fiers ennemis !
Mais n'en murmurons point, le Seigneur l'a permis.
Quelque horrible que soit le malheur qui m'oprime,
Il ne faut point au Ciel dérober sa victime.
Qu'il fasse cheoir sur moi les maux de toutes parts,
J'adore ses desseins, j'obéis, & je pars.

SADOC.

Cet Oracle Divin, qui vous force à vous plaindre,
Plus que vous désormais Absalon doit le craindre ;
Et j'y vois, à travers sa sainte obscurité,
Plus d'amour pour David que de sévérité :
Sans regret aux mutins abandonnez l'Empire,

Et laiſſez au Seigneur le ſoin de les détruire ;
Qu'enyvrés folement d'un prétendu bonheur ;
Ils viennent en ces lieux étaler leur grandeur.
Que peut cet apareil, ſi Dieu ne l'autoriſe ?
Que ne pouvez - vous pas, ſi Dieu vous favoriſe ?
Leur triomphe met fin à leurs proſpérités ;
Et la fuite vous rend les biens que vous quittez.

Je ne vous flate point d'une eſpérance vaine ;
Leur crime me répond de leur chûte prochaine.
J'ai vû, j'ai vû l'impie heureux & triomphant,
Environné d'honneur & de gloire éclatant,
Dans l'excès criminel de ſa grandeur trompeuſe ;
Elever juſqu'au Ciel une tête orgüeilleuſe ;
A ſon ſuperbe aſpect les Peuples ſont émûs.
Je paſſe, je le cherche, & ne le trouve plus.
Il n'en eſt pas ainſi du Juſte qu'on outrage,
L'Eternel le ſoutient au milieu de l'orage ;
Il eſt toujours l'objet de ſes plus tendres ſoins ;
S'il paroit le fraper, il ne l'aime pas moins.
Lorſqu'il conduit ſes pas au bord du précipice ;
C'eſt alors qu'il lui tend une main plus propice ;
Et caché dans le fort de ſes calamités ;
Il guide tous ſes pas, & marche à ſes côtés ;
Et changeant tout à coup ſa déroute en victoire ;
De l'abîme des maux il l'éleve à la gloire.

DAVID.

Je ſai que le Seigneur, ſous des voiles épais ;
Nous cache quelquefois ſes plus rares bienfaits,

Que

Que le foible oprimé trouve en lui son refuge ;
L'innocent son soutien , le coupable son Juge ;
Et que par lui jamais le Juste infortuné
Aux fureurs des méchans ne fût abandonné.
Moi-même mille fois au sortir de l'enfance ,
Dans mes plus grands périls , j'éprouvai sa clémence ;
Quand de tous les côtés je me vis entourer
De Lions rugissans prêts à me dévorer.
Envain un Roi puissant animé par l'envie ,
Dans ses transports jaloux s'arme contre ma vie ;
Les traits qu'il me lançoit retombèrent sur lui ;
Le Ciel prit ma défense , & devint mon apui :
Il reprouva Saül , il rejetta sa race ,
Et daigna me choisir , pour regner en sa place.
Mais alors , cher Sadoc , agréable à ses yeux ;
Je ne lui montrois point un objet odieux ,
Je n'étois pas encor homicide , adultère ;
Mon cœur étoit sans crime & digne de lui plaire ;
Mais depuis le moment que j'oubliai ta loi ,
Le sang de l'innocent s'éleve contre moi ;
Dieu juste , ta bonté s'est changée en furie !
Ta main venge en ce jour le vertueux Urie !
Mes crimes d'Absalon assurent les succès ,
Il seroit moins heureux , si j'étois sans forfaits,
Voilà le vraï sujet de mes vives alarmes.

SADOC.

Ils furent effacés ces forfaits , par vos larmes ;
Vous offrites au Ciel un cœur humilié ;

C

Le Seigneur fut content & le crime oublié ;
Un Prophéte divin vous l'assura lui - même.
Roi : modérez , dit - il , cette douleur extrême.
L'Eternel désormais apaise son courroux ,
Et transfére déja vos crimes loin de vous.
Il vous aime.

DAVID.

Oüi , Sadoc , sa bonté paternelle
Lava de mes forfaits la tache criminelle.
Mais je dois expier tous ces égaremens.
Lorsque Dieu nous remet d'éternels chatimens ,
Quand touché de nos pleurs , il a calmé sa haine ,
Même après le pardon , il reserve une peine ;
Il faut une victime à son cœur outragé ;
Et dès - lors qu'on l'insulte , il doit être vengé.

SADOC.

Le Seigneur a déja signalé sa vengeance ;
Sa gloire est réparée , ainsi que son offense ;
Dois - je les rapeller dans votre souvenir ,
Ces malheurs dont le Ciel a voulu vous punir ;
Ces désastres fameux , effets de sa menace ,
Et son glaive étendu sur toute votre race ;
Le fruit infortuné d'un criminel amour ,
Ravi presqu'en naissant à la clarté du jour ;
Par l'impudique Amon dans le piège attirée ,
Jusqu'en votre Palais Thamar déshonorée ;
Amon assassiné par un Frère inhumain ;

La pefte dans Juda répandant fon venin ;
Et d'Abfalon enfin la criminelle audace,
Qui vous force en ce jour à lui céder la place ?
Prince ; reconnoiffez à ces terribles traits,
Un Dieu jufte, févère & vengeur des forfaits.
Mais efpérez auffi fur fa bonté propice,
Elle s'étend encor plus loin que fa juftice.
Abfalon contre vous fe révolte aujourd'hui....
Il ne vous connoit plus ; vous fuïez devant lui,
Voilà le dernier trait que lance un Dieu févère.
C'en eft fait : & dans lui vous n'avez plus qu'un Père.

DAVID.

Par le choix du Seigneur fur le Trône élevé ;
Pour des crimes moins grands Saül fut reprouvé.

SADOC.

Si vous vites jadis ce Monarque coupable,
Eprouver de fa part un fort fi déplorable ;
Si du Ciel fans retour il fut abandonné,
C'eft que fon cœur étoit dans le crime obftiné.
Son infidélité dans le cours de fa vie
D'un fincère regret ne fut jamais fuivie.
Vous avez comme lui commis des attentats ;
Mais, comme vous, Seigneur, il ne les pleura pas.
Auffi, le Ciel n'a pas retracté fa promeffe,
Salomon eft toujours l'objet de fa tendreffe ;
Sans doute c'eft par lui que doit venir ce Fils,
Que l'Univers attend, & qui vous fut promis.
Quel autre de vos Fils auroit cet avantage ?

Des promesses du Ciel Salomon est le gage.
Dans lui sont peints les traits de la Divinité,
Bonté, zèle, grandeur, sagesse, piété.
Sur lui paroit veiller l'aimable Providence.

DAVID.

Ah ! sur lui cependant Dieu garde le silence.
Pour me fraper encor par des endroits plus chers,
Ne le voudroit-il point confondre en mes revers ?

SCENE II.

CHUSAI, DAVID, SADOC.

CHUSAÏ.

SEIGNEUR, de votre Fils la révolte éclatante
A semé dans nos murs le trouble & l'épouvante.
Les uns des factieux suivant l'impression,
Panchent ouvertement vers la fédition.
Mais le grand nombre encor à son Prince fidèle
Ne voit qu'avec douleur les progrès du Rébelle.
Un nombre sûr d'amis par mes ordres épars,
Vont défendre nos Tours, & garder nos remparts.
Cependant, si j'en dois croire la renomée,
Absalon vers ces lieux marche avec son Armée.
Mais j'espère, Seigneur, que vos fiers ennemis
Auront moins de succès qu'ils ne s'étoient promis.

DAVID.

Chufaï! quand pourrai-je, au gré de ma juſtice,
Païer par mes bienfaits ce généreux ſervice ?
Mais hélas ! quels que ſoient les effets de tes ſoins,
De ces lieux ſi chéris je ne fuirai pas moins :
Dans le Camp de Joab je ſuis prêt à me rendre,
J'abandonne Sion.

CHUSAÏ.

Ciel ! Que viens-je d'entendre ?
Vous fuïez ! Vous, Seigneur, qu'on a vû tant de fois
Etonner Iſraël du bruit de vos exploits,
Et dont l'auguſte front environné de gloire
Fût toujours couronné des mains de la victoire.
Quoi ! Vous aurez, à peine au printems de vos jours,
Bravé dans les forêts les Lions & les Ours !
Terraſſé Goliath, diſſipé ſon Armée,
Dans la ſuite conquis & ſauvé l'Idumée ;
Vous aurez ſubjugué les Peuples & les Rois,
Les Philiſtins altiers auront ſubi vos loix ;
Et lorſqu'un Fils cruel vous brave & vous menace,
Vous laiſſez triompher ſon orgüeilleuſe audace !
Votre nom eſt encor révéré dans ces lieux,
Il peut être un rempart contre les factieux.

DAVID.

Il eſt vrai : Secondé de mes Sujets fidèles,
Je pourrois en ces murs attendre les rebelles,
Ou leur faire du moins acheter chérement
Les fruits, les triſtes fruits de leur ſoulevement.

Mais voi, cher Chuſaï, d'où vient cette tempête ?
De mes propres Sujets. Mon Fils eſt à leur tête ;
Et leurs noirs attentats deviennent les moïens ,
Dont le Seigneur ſe ſert pour ſe venger des miens.
Ah ! ne commettons point le Fils contre le Père ,
Le Père contre un Fils , le Frère contre un Frère :
Fuïons , malgré l'éclat de mes premiers exploits ,
Devant nos ennemis pour la première fois.
Le Ciel les a chargés du ſoin de ſa vengeance,
Il remet en leurs mains ſon glaive & ſa puiſſance,
Quittons Jeruſalem , de crainte que mon Fils
N'enſanglante le Trône où ſon Père eſt aſſis ;
Et qu'avide de meurtre , il ne vienne répandre
Le ſang de mes Sujets armés pour me défendre,
Fuïons , encore un coup : ô dure extrémité !
Mais le Ciel me l'ordonne , & l'arrêt eſt porté.

C H U S A Ï.

Puiſque telle eſt du Ciel la volonté ſacrée ,
Qu'à votre Fils Sion aujourd'hui ſoit livrée ;
Souffrez du moins , Seigneur , que vous gardant ſa foi,
Chuſaï dans ſa fuite accompagne ſon Roi.
Mes amis vous ſuivront , ils iront ſur vos traces
Avec vous dès ce jour partager vos diſgraces :
Falût - il pénétrer dans l'horreur des déſerts ,
Franchir des monts affreux & traverſer les mers,
Il n'eſt point de péril qu'avec vous ils n'affrontent ,
Ni d'obſtacles ſi grands pour vous qu'ils ne ſurmontent,
Au votre déſormais leur ſort eſt attaché ;

Votre nom de leur cœur ne peut être arraché.

SADOC.

Et moi, pour animer leur courage & leur zèle,
J'irai, Seigneur, me joindre à leur troupe fidèle.
Les Enfans de Levi porteront devant eux
Des bontés du Seigneur le gage précieux,
L'Arche du Teſtament ſi féconde en Miracles,
Et d'où le Ciel prononce & dicte ſes Oracles.
Non : puiſque tu n'es plus le ſéjour de la Paix,
Puiſqu'au milieu de toi vont regner les forfaits,
Sion, je ne dois plus laiſſer en ta puiſſance
L'Eternel Monument de la ſainte Alliance !

DAVID.

Confions ce Dépôt à nos ſacrés remparts,
Et ne l'expoſons point à de nouveaux hazards ;
Si du Ciel quelque jour la colère eſt éteinte,
Il me reconduira, Sion, dans ton enceinte,
Et j'aurai la douceur de revoir de mes yeux
L'Arche qu'en mes malheurs je laiſſe dans ces lieux.
Toi, reſte, Chuſaï, ton amitié parfaite
Peut me ſervir ici mieux que dans ma retraite.
Aujourd'hui, dans ces lieux, il faut près d'Abſalon....

CHUSAÏ.

Quoi ! chès vos ennemis ! Chuſaï dans Sion !

DAVID.

Oüi : c'eſt pour conſerver la Couronne à ton Maître,
Pour ramener mon Fils, & pour confondre un traître ;

L'impie Achitophel est celui que je crains ;
C'est lui qui de mon Fils régle seul les desseins ;
Je veux à ses conseils oposer ta prudence.
Il te faut d'Absalon gagner la confiance ;
Feins même , s'il le faut : S'il compte sur ta foi,
Tu pourras tout sauver, lui , l'Etat & ton Roi.

CHUSAÏ.

Soutenu par l'ardeur du zèle qui m'anime ,
Je répondrai , Seigneur , à toute votre estime.

DAVID.

J'attends tout de tes soins. Vous , Sadoc, aujourd'hui
Veillez sur Salomon , & soïez-en l'apui ;
Je le laisse en vos mains.

SADOC.

Eh ! que pourrois-je faire ,
Pour dérober ses jours aux fureurs de son Frère ?

DAVID.

Son sort près du Seigneur ne peut qu'être assuré ,
Et l'on respectera cet ✝ Azile Sacré.

✝ Il montre le Taberna-cle.

SADOC.

De ce Fils si cheri c'est exposer la vie.
Le Lieu Saint est peu sûr contre la perfidie.
Celui qui contre un Père ose lever les mains ,
Voudra-t-il respecter le Maître des humains ?

CHUSAÏ.

Seigneur , le Ciel m'inspire un dessein salutaire,
S'il faut pour ce trésor un sûr dépositaire,
Souffrez que mes amis en ces pressans dangers ,

Aillent le tranſporter ſur des bords étrangers.

Hiram vous garde encor une amitié fidèle,

Nous ſaurons par nos ſoins ranimer tout ſon zèle.

On peut, ſans rien riſquer, compter ſur ſon ſecours ;

Et de ce tendre Enfant lui confier les jours.

DAVID.

Hiram ne connoit point le vrai Dieu que j'adore,

Et mon Fils à ſa Cour pourroit, trop jeune encore,

Oublier le Seigneur qu'on revère en ce lieu.

Le plus grand des malheurs, c'eſt d'oublier ſon Dieu.

Mais il ne courra point les hazards de ma fuite ;

Je le veux. Chargez-vous, Sadoc, de ſa conduite.

Quelque hardi qu'il ſoit, mon Fils n'oſera pas

Enlever cet Enfant, l'arracher de vos bras ;

Et quand même il voudroit d'une main téméraire ,

Par un crime inoüi forcer le Sanctuaire,

(a) Vos Levites Sacrés, le Peuple, (b) tes amis ,

Défendront le Saint Temple, & ſauveront mon Fils.

La foi dans tous les cœurs n'eſt pas encore éteinte,

Et le Dieu de Sion regne dans ſon enceinte.

Mais dût tout Iſraël armé pour Abſalon

Profaner le Lieu Saint, enlever Salomon,

Mon recours eſt au Dieu qui lui donna la vie ;

Lui ſeul en eſt le Maître, & je la lui confie ;

J'eſpère qu'il ſera par ſes ſoins conſervé :

Dans les bras de la mort Moïſe fut ſauvé.

* Vous, Sacré Conducteur des vrais Iſraëlites,

Apellez près de moi vos Prêtres, vos Levites.

(a) à Sadoc.
(b) à Chuſai

* à Sadoc.

à Chuſaï. Toi , fais venir mon Fils.

꧁꧂꧁꧂꧁꧂꧁꧂꧁꧂꧁꧂ ✱ ꧁꧂꧁꧂꧁꧂꧁꧂꧁꧂꧁꧂

SCENE III.

D A V I D *ſeul.*

O Monarque des Cieux !
C'eſt ici qu'autrefois le Père des Hébreux
Fut prêt de t'immoler le fruit de ſa vieilleſſe ,
Iſaac , cet objet de toute ſa tendreſſe ;
Mais il te reſſouvint de tes Oracles ſaints,
Ta bonté conſerva cet eſpoir des humains,
Iſaac dut ſa vie à la foi de ſon Père ;
Grand Dieu ! comme Abraham , c'eſt en toi que j'eſpère.

SCENE IV.

D A V I D , E T H A Ï , *Troupe de Géthéens.*
E T H A Ï.

S EIGNEUR ! tout eſt perdu : déja de toutes parts ,
Les mutins s'aſſembloient autour de nos remparts,
Quand le fier Abſalon à leur tête s'avance :
La porte eſt à l'inſtant ouverte en ſa préſence.

D A V I D.

O Ciel !

E T H A Ï.

Azarias lui-même l'introduit !

On luí réfifte envain , tout plie & tout s'enfuit.

Pour moi , des Géthéens raffemblant les cohortes ,

Je cours vers ce Palais en défendre les portes ,

Et vous pourrez , Seigneur , compter fur leurs fecours ,

S'il ne faut que périr pour défendre vos jours.

DAVID.

Et Joab ?

ETHAÏ.

Foible encor , malgré fon fier courage ,

Envain eût - il voulu l'arrêter au paffage,

Renfermé dans fon Camp , & prefque fans Soldats ,

Il ne peut s'expofer au hazard des combats.

SCENE V.

DAVID , Les mêmes , SADOC , Les Levites.

DAVID aux Prêtres & aux Levites.

JE fuïs , le Ciel l'ordonne : Abfalon eft le Maître ;

Introduit dans Sion , il va bientôt paroitre.

SADOC.

O Ciel !

Plufieurs Prêtres & Levites.

Ah quelle horreur !

AUTRES LEVITES.

O noire trahifon !

ABSALON

UN JEUNE LEVITE.

Où fuir pour éviter les fureurs d'Abſalon ?

DAVID.

Reſtez , Levites Saints , il n'en veut qu'à mon Trône.

DEUX LEVITES.

Nous vous ſuivrons.

DAVID.

Reſtez : C'eſt moi qui vous l'ordonne.
Veillez ſur le Dépôt qui vous eſt confié ,
Et que le Culte Saint ne ſoit pas oublié.

SCENE VI.

DAVID. *Les mêmes.* SALOMON, CHUSAI.

DAVID *pourſuit en voyant ſon Fils.*

MAIS de votre amitié j'attends un nouveau gage !

UN PRETRE.

Pour vous ſervir , Seigneur , que faut-il davantage ?
Parlez , nous ſommes prêts.

DAVID.

Je vous confie encor *
Ce Fils , mon ſeul eſpoir & mon plus cher tréſor.

* Il préſente Salomon.

SALOMON.

Mon Père !... Vous fuïez !... Et je ne puis vous ſuivre !...
Après un pareil coup , ah ! pourrai-je ſurvivre ?

D A V I D.

Aprochez , Salomon... Recevez mon adieu : *   * Il l'emâ
Souvenez-vous de moi ; Mais plus encor de Dieu.   braſſe.
Aimez ſa loi, mon Fils pardeſſus toute choſe ;
Et plaignez Abſalon pour les maux qu'il nous cauſe.

S A L O M O N.

Vous me laiſſez , hélas ! que vais - je devenir ?

D A V I D *en l'embraſſant une ſeconde fois.*

Adieu , mon Fils , adieu.... Je me ſens attendrir.....
Conduiſez-le , Pontife , au fond du Sanctuaire.
Rentrez tous.

L E V I T E S.

O douleur !

S A L O M O N. *En s'en allant.*

Dieu ! protège mon Père.

❧❧❧❧❧❧❧❧❧❧❧❧❧❧❧❧❧❧❧❧

SCENE VII.

D A V I D , C H U S A I , E T H A L.

D A V I D.

J E mets tout mon eſpoir , ami, ſur ton ſecours.

C H U S A Ï.

Puiſſiez-vous par mes ſoins voir de plus heureux jours !

D A V I D.

Chuſaï, c'eſt aſſés : Adieu, le tems nous preſſe.

Chuſai ſort.

SCENE VIII.

D A V I D , E T H A I , G E T H E ' E N S.

D A V I D.

David en
s'en allant,
parle à E-
thaï.

POURQUOI me suivez-vous ? Ethaï, qu'on me laisse.
Vous êtes étranger , & je ne suis plus Roi ;
Est-ce à vous de subir le même sort que moi ?

E T H A Ï.

Eh quoi ? des Gethéens vous suspectez le zéle !
Lorsque Geth fit serment de vous être fidéle ,
L'éclat de vos vertus plus que de vos exploits ,
Nous engagea , Seigneur , pour toujours sous vos loix.
Nous suivimes David , & non pas sa fortune.
J'eus depuis à vos dons une part peu commune.
Ah ! puis-je m'empêcher d'en prendre à vos malheurs ?

D A V I D *à Ethaï & à sa Suite.*

Venez donc : j'y consens , généreux serviteurs !
Lorsqu'un Fils me trahit , qu'Israël m'abandonne ,
Un Chef de Philistins s'attache à ma personne !
O Sion ! ô mon Fils ! objets du mon amour !
Que cet exemple au moins vous confonde en ce jour.

Fin du second Acte.

ACTE TROISIEME.

SCENE I.

ABSALON *suivi du Peuple* , ACHITOPHEL.

ABSALON *au Peuple.*

OUI : Vous devez compter fur un Roi qui vous
aime ;
Je regne plus pour vous encor que pour moi - même.
Votre félicité fait l'objet de mes vœux,
Je ne me fuis armé que pour vous rendre heureux.
Mes fouhaits font remplis ; graces à mon courage ,
Vous ne gémirez plus dans un trifte efclavage.
Mon Père dans Juda regnoit en Maitre ; & moi,
Je veux regner fur vous plus en Père qu'en Roi.
Sortez tous.

SCENE II.

ABSALON, ACHITOPHEL.

ABSALON.

CHER Ami ! prens part à ma victoire ;
David fuit devant moi , rien n'égale ma gloire.
Je regne , Achitophel , dans ce même Palais ,
D'où mon Père vouloit me bannir pour jamais.
Je vois à ce moment mes malheurs difparoitre.
Je n'ai plus de Rival , & ne crains plus de Maître.
Père dénaturé , tu violas mes droits ;
Mais ce jour venge enfin la justice & les loix.
C'en est fait : de ton front la Couronne est tombée ,
Va l'offrir à préfent au Fils de Betzabée !
Deftine - lui ton Trône , & pour comble d'horreur ,
Feins même que le Ciel s'explique en fa faveur.
Ce Ciel que tu bravois en fa colère extrème
A lancé contre toi fon fatal anathème.
De ton joug odieux le Peuple s'eft laffé :
Tu n'es plus qu'un profcrit , & ton regne est paffé !
    Et toi , cher Confident , dont la rare prudence
A mis entre mes mains la fuprême puiffance ;
Je te dois tout : Il faut qu'Abfalon déformais ,
Par fa reconnoiffance , égale tes bienfaits.

ACHITO-

ACHITOPHEL.

Vos bienfaits ne font pas l'objet de mon attente :
Vous regnez ; il fuffit ; & mon ame eft contente :
Et pour prix de mes foins , je ne veux que l'honneur
D'avoir humilié votre perfécuteur.

Mais , pour être monté jufques au rang fuprême ,
Pour vous voir le front ceint du Sacré Diadême ,
Prenez garde , Seigneur , tout n'eft pas achevé ;
David peut dans fa chûte être encor relevé.
Hâtons - nous....

ABSALON.

Ah ! bannis cette crainte importune :
Tes confeils & mon bras ont fixé ma fortune.
Que je puiffe en joüir avec tranquilité !
Que je goûte ma gloire & ma félicité !
Souverain dans Sion , qu'aurois-je à craindre encore ?
Les Grands me font foumis , & le Peuple m'adore ,
David fuit , detefté , fans fecours , fans apui :
C'eft envain que Sadoc fe déclare pour lui.
Contre les braves Chefs de tant d'Ifraëlites ,
Que pourront les efforts des Prêtres , des Levites ?
De la Religion trop foible en fon courroux ,
Je crains peu la menace , & je brave les coups.

D

ACHITOPHEL.

Le Peuple vous cherit , mais le Peuple est volage ;

Le caprice le guide , & régle son suffrage ;

Et tel au premier rang par la brigue est monté ,

Qui bientôt par la brigue en est précipité.

Vous avez captivé son cœur par vos caresses ;

Mais si quelqu'autre enfin , par les mêmes adresses ,

L'enlevant tout à coup au parti d'Absalon ,

Le gagnoit en faveur du jeune Salomon ;

Que deviendroit alors cette haute Puissance ?

Votre Frère est encor plus aimé qu'on ne pense ;

David , pour lui gagner les cœurs dans Israël ,

Le fait envisager comme un présent du Ciel.

On dit même avec art que sa tige féconde

Doit produire le CHRIST & le Maître du Monde.

Et ces Prêtres , Seigneur , que vous ne craignez pas ,

Peuvent, sous ce prétexte , armer cent mille bras.

Quand le zèle indiscret léve sa tête altière ,

Il reduit quelquefois les Trônes en poussière ;

Et le Peuple embrassant son joug impérieux ,

Pense que le venger , c'est défendre les Cieux.

ABSALON.

Eh ! n'allons point chercher les revers qu'on peut craindre ;

Quand on veut tout prévoir, il faut trop se contraindre ;

Et souvent, pour percer trop loin dans l'avenir,

On ne fait qu'avancer un triste repentir.

D'ailleurs n'irritons point un Peuple téméraire ,

Et quoique ses efforts....

ACHITOPHEL.

Dûssé - je vous déplaire,

Il faut vous dévoiler , Seigneur , mes sentimens.

Votre esprit incertain dans tous ses mouvemens

Veut , agit , se repent, s'arrête en sa poursuite,

Et ne fait point fixer l'objet de sa conduite.

Si vous vouliez borner vos succès en ce jour ;

A pouvoir près du Roi ménager un retour ,

Vous en avez trop fait ; jamais on ne pardonne

Et l'affront d'une fuite , & la perte d'un Trône.

ABSALON.

Vainqueur de ses Tirans ; crois - tu donc qu'Absalon

Veüille encore auprès d'eux ménager son pardon ?

Non : mon dessein est pris , la gloire & la vengeance

Se trouvent en mon cœur trop bien d'intelligence.

ACHITOPHEL.

Mais par tout cet éclat qu'espérez-vous gagner ?

A quoi tendent vos vœux ? Que voulez-vous ?

A B S A L O N.

Regner.

A C H I T O P H E L.

Ce généreux deſſein mérite qu'on l'admire :

Mais eſt - ce tout , Seigneur , que monter à l'Empire ?

A B S A L O N.

A quel prix que ce ſoit , je veux m'y maintenir.

A C H I T O P H E L.

Et vous tardez encor , ou n'oſez prévenir

Les revers trop préſens dont le Ciel vous menace ?

A B S A L O N.

Eh bien : explique - toi ; que faut-il que je faſſe ?

Parle.

A C H I T O P H E L.

Pour éviter des malheurs trop certains ,

Des Prêtres vous devez confondre les deſſeins ;

De Troupes , de Soldats environner le Temple ;

Du Grand - Prêtre lui - même oſer faire un exemple ;

D'entre les bras d'un Père arracher Salomon ;

Sacrifier ſa vie à votre ambition ;

Dérober hardiment par le coup qui l'immole ,

Au Peuple ſon eſpoir , à David ſon Idole.

Que ſai-je?.... Vous devez.... Malgré la voix du ſang....

Vous vous devez, Seigneur, vous-même à votre rang.

Le Trône eſt aujourd'hui votre vrai Sanctuaire :

Là ſe trouvent proſcrits & le Père & le Frère.

L'un & l'autre à vos yeux n'offre qu'un ennemi,

Qu'il vous eſt dangereux de punir à demi.

Ils veulent vous ravir l'autorité ſuprême ;

Ménager l'un des deux, c'eſt vous perdre vous-même.

ABSALON.

La nature en mon cœur conſerve encor ſes droits ;

Elle gémiroit trop, ſi j'en bravois les loix.

Pour fixer mon bonheur, que Salomon périſſe,...;

J'en verrai ſans regret le juſte ſacrifice.

Mais mon Père !....

ACHITOPHEL.

       Eh ! Seigneur, faut-il rien épargner ?

Vous avez peur du crime, & vous voulez regner.

Lorſqu'un grand cœur conçoit une noble entrepriſe,

Examine-t-il tant ſi la Loi l'autoriſe.

Sans s'aſſervir au joug d'une auſtère équité,

Il régle ſes devoirs ſur ſon autorité :

Fondez-vous déſormais ſur ces ſages maximes.

Perdre un Trône, Seigneur, c'eſt le plus grand des crimes.

Il faut pour affermir le votre dans ces lieux ;

Il faut, il faut du fang, & du plus précieux.

ABSALON.

Que me confeilles - tu ? Quelle penfée affreufe !

ACHITOPHEL.

Un crime ne l'eft plus, quand fa fin eft heureufe.

ABSALON.

Ah ! ceffe de parler d'un pareil attentat.

ACHITOPHEL.

Un grand crime fouvent eft un grand coup d'Etat.
Ainfi que la vertu, le vice eft arbitraire,
Et le crime n'eft tel qu'en l'efprit du vulgaire ;
Ou s'il eft des vertus hors de l'opinion,
C'eft l'art d'immoler tout à fon ambition.

ABSALON.

Mais fi, pour conferver mon rang & mon Empire,
La mort de Salomon feule me peut fuffire,
Dois - je pouffer encor plus loin la cruauté ?
Non : le Peuple en feroit lui - même épouvanté.

ACHITOPHEL.

Il s'agit de fixer ce Peuple trop volage ;
Et par un dernier coup, d'achever votre ouvrage...
Mais quelqu'un vient.

SCENE III.

ABSALON, ACHITOPHEL, CHUSAI.

ABSALON.

O Ciel ! puis-je en croire à mes yeux !
C'eſt Chuſaï.

CHUSAÏ.

Vivez , Grand Roi , regnez heureux ;
Soïez en Iſraël le Monarque & le Maitre ;
Et quel autre que vous mérite mieux de l'être ?

ABSALON.

Qu'entens - je ? A ce diſcours doit - on ajouter foi ?
Chuſaï reconnoit Abſalon pour ſon Roi !
Lui , le cher Confident & l'ami de mon Père !
Certes ; j'ai crû qu'épris d'une amitié ſincère ,
Loin de l'abandonner au fort de ſes douleurs ,
Vous iriez avec lui partager ſes malheurs.

CHUSAÏ.

Prince , quelle que ſoit l'amitié qui me lie ,
Aux régles du devoir elle eſt aſſujettie :
Dieu rejette le Père , & fait regner le Fils ,

Juda, tout Ifraël à vos Loix eſt ſoumis.

A ce Dieu Tout-Puiſſant ſerois-je encor fidèle ?

Pour ma Patrie aurois-je un véritable zèle ? ˙

Si du Peuple & du Ciel méconnoiſſant la voix,

J'avois pour un proſcrit les égards dûs au Rois.

Non, non, c'eſt à vous ſeul que je dois rendre hommage ?

De mes ſermens paſſés Dieu même me dégage ;

Le choix qu'il fait de vous en ce jour ſolemnel,

Sans doute nous promet un bonheur éternel.

Les Hébreux gémiſſoient ſous le Roi votre Père ;

˙ Mais votre regne enfin termine leur miſère ;

C'eſt ce Regne fameux, qui doit voir en ſon cours

De l'heureux Ifraël naître les plus beaux jours.

Les tems ſont arrivés prédits par les Oracles ;

Je vois ce ſiècle heureux ſi fertile en Miracles ;

Nos ennemis vaincus, leurs Rois chargés de fers,

Et le CHRIST dès longtems promis à l'Univers.

A B S A L O N.

J'admire ta prudence, & je ne puis ſans crime,

A tes rares vertus refuſer mon eſtime.

Mais enfin, Abſalon peut-il compter ſur toi ?

C H U S A Ï.

En doutez-vous, Seigneur ? Je vous donne ma foi :

Au nom de ce grand Dieu, qui confond l'impoſture,

Permettez aujourd'hui que ma bouche vous jure,

Qu'à mon Roi légitime attaché pour toujours,

Je maintiendrai son Trône, & défendrai ses jours.

Vous m'avez vû servir sous le Roi votre Père,

Je consacre à son Fils un zèle aussi sincère ;

Et j'ose me flater que bientôt les effets

Feront voir à quel point je prens ses intérêts.

SCENE IV.

Les mêmes. A S A P H.

A S A P H.

DUN secret important au bonheur de l'Empire,
Puis-je un moment, Seigneur, sans témoin vous
instruire ?

A B S A L O N *à Achitophel & à Chusaï.*

Eloignez-vous.

SCENE V.

ABSALON, ASAPH.

ABSALON.

Parlez.

ASAPH.

Votre fort eft changé,

Et de David enfin Joab vous a vengé.

Ses foins vous ont fraïé le chemin vers le Trône,

Ses mains fur votre front ont pofé la Couronne;

Et fi vous êtes Roi, Prince, vous le favez,

C'eft à Joab lui feul à qui vous le devez.

ABSALON.

Je fai ce que je dois à Joab votre Maître,

En fon tems Abfalon faura le reconnoitre.

Mais quel eft ce fecret important ?

ASAPH.

Le voici.

Joab a foutenu vos droits jufques ici ;

Mais ce feroit ttop peu pour l'ardeur qui l'engage,

S'il n'achevoit lui-même aujourd'hui fon ouvrage.

Votre Père a laiffé Salomon dans ces lieux.

ABSALON.

Salomon ! ô triomphe ! ô jour vraiement heureux !
Dis - tu vrai , cher Asaph ?

ASAPH.

Au fond du Sanctuaire ;
Le Grand - Prêtre retient le Prince votre Frère.

ABSALON.

Ah ! voilà donc celui qu'on m'avoit préféré ;
Il est en mon pouvoir, mon Trône est assuré ;
Et je puis à mon gré , déploïant ma vengeance ,
Sur un Frère punir un Père qui m'offense.

ASAPH.

Votre main dans son sang ne doit pas se plonger ;
Remettez à Joab le soin de vous venger.

ABSALON.

A Joab ! Et pourquoi ? Quand je tiens ma victime ?

ASAPH.

Il croit , ainsi que vous , sa perte légitime ;
Mais s'il est à propos qu'on lui perce le flanc ,
Ce n'est pas par vos mains que doit couler son sang.
L'entreprise , Seigneur , seroit trop périlleuse ;
Sa mort seroit pour vous une tache odieuse :
Et votre rang n'est pas tellement affermi ,
Que vous ne deviez plus craindre aucun ennemi.

Mais pour mettre ce Prince hors d'état de vous nuire,
Joab veut qu'en Hébron je le faſſe conduire ;
Et que lui ſeul enfin arbitre de ſes jours,
S'il le faut, en ſon tems, en abrège le cours.
Voilà ce que pour vous lui dicte ſa prudence.

ABSALON.

Aſaph, un tel conſeil mérite qu'on y penſe ;
Rien ne preſſe : Tu peux partir en liberté ;
Joab ſaura bientôt quelle eſt ma volonté.

SCENE VI.

ABSALON ſeul.

QUEL funeſte ſoupçon dans mon eſprit s'élève ?
Mon Frère eſt en mes mains, & Joab me l'enlève.
Eſt-ce pour le ſauver, eſt-ce pour me ſervir ?
Eſt-ce l'effet du zèle, ou bien du répentir ?
Il importe au-plûtôt d'éclaircir ces myſtères.
Revenez.

SCENE VII.

ABSALON, ACHITOPHEL, CHUSAI.

ABSALON.

A IDEZ-moi de vos avis sincères;
Vous m'avez l'un & l'autre engagé votre foi ;
Il faut par vos conseils éclairer votre Roi.
David saisi d'effroi fuïant loin de ces rives ,
Ses amis éperdus , ses Troupes fugitives ,
L'horreur, le désespoir qui marchent sur ses pas ,
Et son Camp dépourvû de Chefs & de Soldats ,
Ne sont pas les seuls traits qu'en sa juste colère,
Le Ciel en ma faveur lance contre mon Père.
De mes fiers ennemis il confond les desseins ,
Ils viennent se livrer l'un l'autre entre mes mains ;
Et David aujourd'hui remet en ma puissance
Cet objet odieux que poursuit ma vengeance ;
Le croiriez - vous ? Celui qu'un trop indigne choix
Elevoit à mon rang au mépris de mes droits ;
Cet Enfant abhorré , ce Fils d'une adultère ,
En un mot Salomon, est dans le Sanctuaire.

CHUSAÏ. à part.

Grand Dieu ! quel coup affreux !

ACHITOPHEL.

Vous regnerez , Seigneur !
Oüi , le Ciel vous conduit au comble du bonheur.
Et si vous profitez du préfent qu'il vous donne ,
Rien ne peut déformais ébranler votre Trône.

CHUSAÏ.

Grand Roi ! que le Seigneur foit toujours votre apui ;
Comme il a confondu votre Frère aujourd'hui !

ABSALON.

Attens ; ce n'eft pas tout : Joab contre mon Père
A fervi dès longtems en fecret ma colère.

CHUSAÏ.

Joab vous fert !

ABSALON.

C'eft lui qui m'a fait avertir
Que mon injufte Père , avant que de partir ,
Pour dérober fon Fils aux traits de mon envie ,
Avoit chargé Sadoc de veiller fur fa vie.
Cependant , ce Joab , qui veut me feconder ,
Par Afaph aujourd'hui me le fait demander.
Quel parti dois - je prendre ? Et que faut - il réfoudre ?
Lorfque fur un Rival je puis lancer la foudre ,
Lorfque par fon trépas mon rang eft affuré ,
Peut - il d'un feul moment être encor differé ?

Joab mettant un frein au tranſport qui me guide,

Veut m'épargner, dit-il, l'horreur d'un fratricide;

Il craint que ſi j'immole un Frère criminel,

Son ſang contre mes jours ne ſoulève Iſraël;

Mais pour me garantir de tout ſoupçon de crime,

Il demande en ſes mains qu'on livre la victime.

Voilà ce qu'il prétend : Décidez ſi je dois

Regler ſur cet avis mes ordres & mon choix.

ACHITOPHEL.

Vous avez un Rival, & le Ciel vous le livre,

C'eſt tout riſquer, Seigneur, que de le laiſſer vivre.

Votre félicité dépend de ſon trépas;

Tant qu'il verra le jour, vous ne regnerez pas.

Il faut dès ce moment que Salomon périſſe,

Et que vous ordonniez vous-même ſon ſuplice.

Si Sadoc à vos vœux craignoit de l'accorder,

C'eſt-la flâme à la main qu'il faut le demander.

Pour qui veut dominer, il eſt des privilèges;

Un Roi ne connoit point l'horreur des ſacriléges.

Joab veut qu'en ſes mains cet enfant ſoit remis;

Eh ! mettez-vous Joab au rang de vos amis ?

Joab veut aggrandir ſa fortune; & s'il aime,

Ce n'eſt, Seigneur, ni vous, ni David, c'eſt lui-même,

Il vous fait demander, Salomon; & pourquoi ?

C'eſt pour regner ſur vous, & vous donner la loi.

Dès qu'il est une fois le maître de sa vie,

Il tient votre Puissance à son joug asservie.

Son dessein, on le voit, c'est de vous obliger]

De le craindre sans cesse, & de le ménager.

Vous ne regnerez plus qu'au gré de ses caprices,

Il vous fera païer malgré vous ses services ;

Ou s'il ne reçoit pas le prix qu'il en attend,

Son bras à Salomon se dévoüe à l'instant.

Eh ! pourquoi, si Joab vous reconnoit pour Maître,

Craint-il dans votre Cour aujourd'hui de paroitre ?

Pourquoi ne vient-il pas rendre hommage à son Roi ?

Est-ce au Camp de David qu'il vous prouve sa foi ?

En secret il soutient votre noble entreprise ;

Oüi : pourvû qu'en effet le sort la favorise;

Mais qu'Absalon éprouve un destin rigoureux,

De tous vos ennemis c'est le plus dangereux.

J'ai dès longtems apris, Seigneur, à le connoitre,

En un mot, de son Roi Joab veut être maître.

Devez-vous donc encor compter sur son apui ?

Non : il faut le poursuivre, & David avec lui.

Ordonnez au-plûtôt : hâtez-vous, le tems presse.

CHUSAÏ *à part.*

O Dieu ! mets en ma bouche aujourd'hui ta sagesse.

ACHITOPHEL.

Un instant négligé ne peut se réparer ;

Mais

Mais quand on le ménage , on doit tout efpérer.

Peut-être craignez-vous d'attaquer votre Père ?

Mais pour cela , Seigneur , faut-il que l'on diffère ?

David pourroit encor , par de nouveaux fecours ,

De fes adverfités voir terminer le cours.

Suivi de vos Soldats , par le fer & la flâme ,

Je vais fervir l'ardeur qui regne dans votre ame ,

Et je répons , Seigneur , que tous vos ennemis

Vont être en un moment diffipés , ou foumis.

Votre Père n'eft plus ce Guerrier intrépide ;

C'eft un Prince accablé qu'un revers intimide :

Les foibles Légions qui marchent fur fes pas ,

Céderont à l'afpect de vos braves Soldats :

Leur effroi ne fauroit en foutenir la vûë ;

Un inftant verra fuir cette Armée éperduë ;

Et David delaiffé , tombant entre vos mains ,

Ne mettra plus d'obftacle à vos juftes deffeins.

En un mot , pour regner , il n'eft qu'une maxime ,

Oprimez un Rival , avant qu'il vous oprime.

CHUSAÏ.

Achitophel l'a dit : Ceffez de vous flater ;

Sur Joab déformais il ne faut plus compter.

Gardez-vous donc , Seigneur , cédant à fa prière ,

De livrer en fes mains le Prince votre Frère,

Bien-loin d'en difpofer au gré de vos fouhaits ,

Il ne s'en ferviroit qu'à remplir fes projets.

E

Mais n'allez point auſſi de meurtre trop avide ,
Enſanglanter vos mains par un noir fratricide :
Devez - vous commencer un Regne triomphant
Par le meurtre d'un Frère , & la mort d'un Enfant ?
Un pareil attentat , une action ſi noire
Aux yeux de tout Juda ſoüilleroit votre gloire ;
On vous regarderoit comme un homme de ſang ,
Prêt à tout immoler pour ſoutenir ſon rang.
Ah ! Seigneur , déteſtez ces afreuſes maximes ,
Qu'il n'eſt point ici-bas de vertus , ni de crimes ;
Qu'un Prince à ſa grandeur doit tout ſacrifier ;
Et que ſon rang ſuffit pour le juſtifier.
Ce n'eſt point par le crime , & par la violence ,
Qu'un Roi doit affermir ſon Trône & ſa puiſſance :
Les Peuples révoltés déteſtent ces rigueurs :
Un Roi , s'il veut regner , doit regner ſur les cœurs.
Mais de tous vos travaux ſi la gloire eſt flétrie ,
A moins qu'à Salomon vous ne ſauviez la vie ,
Vous devez craindre encor d'en perdre tout le fruit ,
Si vous allez pourſuivre un ennemi qui fuit.
Quand on pouſſe trop loin l'ardeur de la vengeance ,
La victoire ſouvent en murmure , & s'offenſe ;
Et ſe plaiſant à voir tous nos vœux confondus ,
Des vainqueurs qu'elle laiſſe , elle paſſe aux vaincus.
Vous connoiſſez David , & ceux qui dans ſa fuite ,
Au-delà du Cédron marchent ſous ſa conduite ;
Tous , Soldats vigilans , intrépides Guerriers ,

Leur front fut toujours ceint des plus nobles lauriers ;
Indignés de l'affront qu'on a fait à leur Maître ,
Au sein du désespoir leur rage va s'accroitre ;
Et tels que des Lions ou des Ours furieux ,
Ils traineront partout le carnage avec eux.
Pour David , c'est un Roi qui doit à la Victoire
Un nom partout célèbre & des jours pleins de gloire ;
C'est un Héros fameux , dont l'invincible bras
A pendant quarante ans fait le sort des combats.
Non , non , n'espérez pas d'attaquer votre Père ,
Ainsi que l'on attaque un Héros ordinaire ;
Il faut du tems , des soins pour agir sûrement ;
Et voici sur ce point quel est mon sentiment.
Avant que sur David votre vengeance éclate ,
Des rives du Jourdain à celles de l'Euphrate ,
Près de Jerusalem , faites sous vos Drapeaux ,
Rassembler d'Israël , les Soldats , les Héros ;
Alors vous formerez une Armée innomblable ,
Au sable de la mer en nombre comparable ;
Et sans vous confier à la valeur d'autrui ,
Vous en serez vous-même & le Chef & l'apui.
On vous craindra partout à l'égal du Tonnerre ,
Devant vous se tairont les Peuples de la Terre ;
David suivi des siens aura beau se cacher ,
Jusqu'au fond des déserts nous irons le chercher ;
Et vos Soldats aidés de votre renommée ,
Verront fuir devant eux son impuissante Armée.

Pardonnez ce difcours à ma fincérité ;

C'eft mon zèle pour vous , Grand Roi , qui l'a dicté.

A B S A L O N.

Mes foupçons étoient vrais : Joab s'eft fait connoitre ,

Il étale un faux zèle , & cache un cœur de traître.

De mon Père qui fuit refpectons la valeur ,

L'avis de Chufaï me paroit le meilleur ;

Attendons. Nos Guerriers courent me rendre hommage

A chaque inftant s'accroit leur nombre & leur courage;

Et par cent mille bras bientôt anéanti ,

Difparoit pour toujours ce refte de parti.

Mais tandis que le Ciel à fa perte l'entraine ,

Dois - je fauver mon Frère , & retenir ma haine ?....

Je verrai. Cependant je veux m'en affurer ;

Il le faut , Chufaï , cours , & fans différer ,

De peur qu'on le raviffe à ma jufte colère ,

Mets des Gardes partout , & même au Sanctuaire.

C H U S A Ï.

J'obéïrai , Seigneur.

A B S A L O N.

Toi , viens , Achitophel ,

Achevons de gagner tous les cœurs d'Ifraël.

SCENE VIII.

CHUSAI *seul.*

AINSI d'Achitophel confondant la prudence,
Tu fais luire à mes vœux un raïon d'espérance !
Achève, Dieu Puissant ! & malgré ses fureurs,
Ramène l'innocence où regnent les horreurs.

Le succès suit déja d'innocens artifices,
Et le Prince trompé compte sur mes services....
Oüi, Prince, je te sers ! mais tu n'aperçois pas
Où mes sages conseils vont conduire tes pas ;
Ils sauvent à la fois Salomon & ton Père,
Et t'arrachent toi-même aux maux que tu veux faire :
Envain tu te plaindras que c'est là te trahir ;
T'épargner des forfaits, n'est-ce pas te servir ?
Mais hâtons-nous. Je dois en Ministre fidèle,
Faire avertir David des succès de mon zèle.

Fin du troisième Acte.

ACTÈ QUATRIEME.

SCENE I.

CHUSAI, ABSALON.

CHUSAÏ.

VOus triomphez , Seigneur ! de criminels projets
Ne retarderont plus le cours de vos fuccès.
C'en eft fait : des Hébreux les fidèles Cohortes ,
Du Temple , par mon ordre , environnent les portes.
Vous ferez Maître enfin....

ABSALON.

Je le fais , & je voi
Que fans crainte Abfalon peut compter fur ta foi :
Mais pour mieux concerter ce qui nous refte à faire ,
Dis-moi , dans quel état as-tu laiffé mon Père ?
Quand fuïant les rigueurs de fon joug odieux ,
Tu l'as abandonné pour venir en ces lieux.

CHUSAÏ.

David de toutes parts environné d'alarmes ,
Se livre à fes ennuis , & fe nourrit de larmes.
J'ai vû , Seigneur , j'ai vû votre Père affligé ,
Dans un gouffre de maux & de douleur plongé ;

Chaque inftant en fon cœur elle fe renouvelle :

Tantôt il plaint fon fort , tantôt il vous apelle ,

Il refufe les foins que l'on prend de fes jours ,

Et voudroit que le Ciel en abrégeât le cours.

Tandis que du Cédron il tente le paffage ,

Il a du fentiment prefque perdu l'ufage ,

Puis tournant fes regards vers cet augufte Lieu ,

Il a dit à Sion un éternel adieu.

Le Peuple qui fe laiffe aller aux aparences ,

Déplore fes malheurs , prend part à fes fouffrances ;

Et les Forts d'Ifraël qui précédent fes pas ,

Ces hommes fignalés par plus de cent combats ,

Suivis des Géthéens (auriez - vous pû le croire)

Jurent de réparer fa fortune & fa gloire ;

Mais David peu fenfible à leur empreffement ,

Défaprouve leur zèle , & blâme leur ferment.

Laiffez - moi , leur dit - il , déformais inutile ,

Je vais contre Abfalon m'affurer un azile.

De mon amour pour vous , je n'exige qu'un prix ,

C'eft de ne pas venger mes malheurs fur mon Fils.

ABSALON.

Il veut m'ôter le Trône , & je croirai qu'il m'aime !

CHUSAÏ.

A l'entendre : Pour vous fa tendreffe eft extrême.

Loin de vous accufer du fort qui le pourfuit ,

De ſes crimes il croit que ſa perte eſt le fruit,

Et dans tous vos ſuccès, il bénit & revère

Du Dieu qui fait les Rois la trop juſte colère.

C'eſt envain que Joab l'anime contre vous,

Votre Père, Seigneur, vous défend contre tous,

Ah ! mon Fils ! diſoit-il.....

ABSALON.

Pars : il eſt néceſſaire

Qu'on ſe rende au-plûtôt Maitre du Sanctuaire.

❈❈❈❈ * ❈❈ I ❈❈ * ❈❈❈❈

SCENE II.

ABSALON ſeul.

MON Père me défend contre mes ennemis !

Et moi ! je ſuis l'auteur de ſes cruels ennuis ;

Je lui ravis le Trône, & je lui dois la vie !

Il m'aime : & c'eſt ſur lui que tombe ma furie !

Il ne m'impute point l'excès de ſes malheurs.

Quel autre qu'Abſalon fait donc couler ſes pleurs ?

Ah ! ferai-je toujours inſenſible à ſa peine ?

Tant d'amour pouvoit-il mériter tant de haine ?

O fatale Couronne ! ô déſir de regner !

Malheureux ! je perds tout, pour vouloir tout gagner ;

Je perds juſques au nom & de Fils & de Frère ;

Jufques à mes fuccès tout me devient contraire.....

Mais quoi ! de Betfabée aprouvant les deffeins,

Irai-je renoncer à mes droits les plus faints ?....

C'eſt toi, c'eſt ta fureur, marâtre trop cruelle,

Qui d'Abſalon ſoumis as fait un Fils rébelle.

J'ai conçû, je le vois, le plus noir des projets;

Mais mes crimes enfin ne ſont que tes forfaits.

SCENE III.

ABSALON, ACHITOPHEL.

ACHITOPHEL.

TANDIS qu'à vous ſervir tout Iſraël s'empreſſe,

Doù peut venir, Seigneur, cette ſombre triſteſſe ?

Vous joüiſſiez tantôt du bonheur le plus doux,

Quel revers a banni ce bonheur loin de vous ?

ABSALON.

Trop malheureux fuccès acquis par tant de crimes !

Bonheur, qui ſous mes pas n'ouvre que des abîmes !

Faut-il, Achitophel, qu'un cœur né vertueux

Devienne ingrat, cruel, pour devenir heureux ?

ACHITOPHEL.

Eh ! laiſſez là, Seigneur, cette vertu farouche,

Ou plûtôt..... J'y conſens, que la vertu vous touche;

Mais qu'elle opère en vous de plus nobles efforts ;
En vous faisant rougir de ces honteux remords.
Non , non , vous n'êtes point de ces ames vulgaires ,
Qui doivent se régler sur les loix ordinaires.
Du souverain pouvoir distinguez mieux les droits :
Un crime pour le Peuple est vertu pour des Rois.
Vous avez fait , Seigneur , ce que vous deviez faire ;
Du reste , il faut forcer la nature à se taire ,
Quand prenant sur nos cœurs un injuste pouvoir ,
Elle veut nous soustraire aux règles du devoir.
Ce que vous ressentez , je le ressens moi - même ,
Ainsi que vos remords , ma douleur est extrême.
Favori de David , comblé de ses faveurs ,
Je n'ai pû le quitter qu'en répandant des pleurs.
Mais , pour faire regner en ces lieux la justice ,
De ma tendre amitié j'ai fait le sacrifice ;
Et rompant les liens d'un vain attachement ,
La raison a dans moi vaincu le sentiment.

ABSALON.

Vertus ! crimes ! remords ! ah ! tout me désespère !
Mon Frère est innocent , & David est mon Père.

ACHITOPHEL.

Votre Père , Seigneur , c'est l'Etat accablé ,
Votre Frère , Israël , ce Peuple desolé.

L'un & l'autre en vous feul ont mis leur efpérance,
Et fur votre vertu fondent leur délivrance.
Faut-il vous rapeller quand & combien de fois
Ce Peuple en gémiffant vous adreffa fa voix ;
Vous paroiffiez touché de leurs larmes amères.
Que n'ai-je le pouvoir de finir vos mifères,
Difiez-vous ? Qui pourra m'établir aujourd'hui,
Pour rendre la juftice, & faire votre apui ?
Ce que vous défiriez, la fortune le donne,
Et vous craignez encor de monter fur un Trône,
Où David accablé fous le fardeau des ans,
Laiffe floter l'Empire au gré de cent Tirans.
Comprenez que l'honneur, que la vertu vous preffe
D'immoler à l'Etat une vaine tendreffe :
Contre fon propre fang foutenir Ifraël,
C'eft être vertueux & non pas criminel.

ABSALON.

Crime ou non, c'en eft fait : vertueux ou coupable...
Achève & calme enfin le trouble qui m'accable.

ACHITOPHEL.

Quoi ! vous doutez encor : Votre efprit abattu
S'aveugle, & voit le crime où brille la vertu.
Ah ! Prince ! Si dans vous aujourd'hui la nature,
A l'afpect des forfaits s'épouvante & murmure,

Vengez les attentats pour un Frère odieux ,

Qu'un Père trop injuste a commis en ces lieux.

Que leur vûë à jamais arme votre colère.

Oüi , Seigneur , c'est ici que le Roi votre Père ,

Brisant les nœuds sacrés & des loix & du sang ,

Au Fils de Betsabée a destiné son rang.

Devez-vous oublier cette indigne Princesse ,

Qui de David pour vous étouffa la tendresse ?

Devez-vous oublier les affronts , les mépris ,

Dont elle vous combla , pour couronner son Fils ?

Quoi ! ne rendrez-vous point injure pour injure ?

Ne vengerez-vous point les droits de la nature ?

Et mettrez-vous encor au nombre des forfaits ,

De voir le crime éteint & vos Tirans défaits ?

A B S A L O N.

Je me rends.... Oüi : Ta voix a dissipé ma peine ;

Mes remords étouffés ont fait place à la haine.

Poursuivons.... Mais si haut portons notre grandeur ,

Que si c'est un forfait , elle en cache l'horreur.

A C H I T O P H E L.

Eh bien ! puisque la gloire a pour vous quelques charmes ,

Qu'attendez-vous , Seigneur , de reprendre les armes ?

Devez-vous balancer , quand les momens sont chers ?

Des progrès retardés annoncent des revers.

A B S A L O N.

Pour s'affurer mon Frère, & finir notre ouvrage,
Chufaï met la force & l'adreffe en ufage....

A C H I T O P H E L.

Chufaï !... Sous l'ardeur qu'il montre à vous fervir,
Ne chercheroit-t-il point, Seigneur, à vous trahir?
Je pourrois me tromper ; mais du Roi votre Père
Chufaï fut toujours l'ami le plus fincère.

A B S A L O N.

Quoiqu'ami de David, il a pû, comme toi,
Au bonheur d'Ifraël, facrifier fon Roi.
Mais bientôt les effets.....

SCENE IV.

SADOC, ABSALON, ACHITOPHEL.

S A D O C.

O Crime fans exemple !
Du Maitre des humains on menace le Temple !
Sion ! vis-tu jamais de pareils attentats ?
Le Lieu Saint entouré de Gardes, de Soldats !
Quel profane mortel auroit ce privilège ?
Prince, feroit-ce vous, dont la main facrilège

Oſeroit attaquer nos Autels ?

ABSALON.

Oüi : c'eſt moi.

Et puiſque dans ces lieux je donne enfin la loi ;

Pour mes juſtes deſſeins quoique j'oſe entreprendre ,

Perſonne que je crois n'a droit de me reprendre.

M'entendez-vous Sadoc ?

SADOC.

Eh quoi ! de l'Eternel

Vous irez profaner & le Temple & l'Autel ;

Vous irez violer les droits du Sanctuaire :

Je le verrai , Seigneur , & je devrai me taire !

ABSALON.

Des Prêtres & de Dieu jé diſtingue les droits;

Je ſai ce que je puis , je ſai ce que je dois ,

Et crains peu que Sadoc faſſe paſſer pour crime

Ce que mes intérêts me rendent légitime.

Défendre ma Couronne , aſſurer mon bonheur ,

Eſt-ce un noir ſacrilège , une horrible fureur ?

Ne puis-je ſans forfaits prévenir vos intrigues ?

Eſt-ce braver le Ciel que d'empêcher vos brigues?

Si vous reduire au joug , c'eſt être criminel ,

Allez : je prends ſur moi la vengeance du Ciel

SADOC.

Elle fondra bientôt fur ta tête coupable.

ABSALON.

Le fuccès a fait voir fi Dieu m'eft favorable ;

Mais fongez - vous, Sadoc, que vous parlez à moi?

SADOC.

Tu n'es qu'un Fils perfide, un rebelle à ton Roi.

ABSALON.

Je vous ferai fentir que je fuis votre Maître.

SADOC.

J'efpère qu'aujourd'hui tu ceſſeras de l'être.

ABSALON.

J'aperçois vos deſſeins à ce hardi difcours,

Mais à la fin je veux en arrêter le cours.

Dès long - tems votre haine obftinée à me nuire,

A force de complots, s'aplique à me détruire ;

Du Trône pour toujours vous vouliez m'écarter ;

Vous efpérez encor de m'en précipiter,

Et c'eft à ce deſſein que dans le Sanctuaire,

Salomon....

SADOC *en fe troublant.*

Quoi !... Seigneur !...

ABSALON.

Oüi, vous avez mon Frère ;

Mais je faurai bientôt le tirer de vos mains.

SADOC.

Prince... n'en croïez pas.... des bruits trop incertains.

ABSALON.

Je fai tout : dès l'inftant fongez à me le rendre ,
Ou contre ma fureur rien ne peut vous défendre.

SADOC.

Eh ! d'un fi tendre enfant , hélas ! que craignez-vous ?

ABSALON.

Vos complots en ont fait l'objet de mon courroux.

SADOC.

Quels que foient vos projets : Eh ! Seigneur , à fon âge,
Salomon pourroit-il vous faire quelque ombrage ?
Renfermé dans le Temple , ainfi que Samuël ;
Il ne s'occupera qu'à fervir l'Eternel.

ABSALON.

Des Enfans de Levi je connois la malice ;
Laiffez ce vain difcours & ce lâche artifice.
Rendez-moi Salomon ; ou ce fer à la main ,
Jufques fur vos Autels je lui perce le fein.

SADOC.

C'eft un Dépôt Sacré que le Ciel me confie ;
Aux dépens de mes jours je défendrai fa vie,
Et toi , vil Confeiller , perfide Achitophel ,
Ame noire & fans foi , l'oprobre d'Ifraël !

Voilà

Voîlà donc à quels traits l'on devoit te connoître :

Tu féduis Abfalon , & tu trahis ton Maître :

Tu vas contre ton Roi , hargé de fes bienfaits ,

Tu vas à la révolte exciter fes Sujets :

Le Fils par tes confeils a détrôné le Père ;

Tu veux faire périr le Frère par le Frère ;

Et pour étendre encor plus loin tes cruautés ,

Tu veux les foutenir par tes impiétés.

Puiffe le Dieu vivant , indigné de tes crimes ,

Faire ouvrir fous tes pas les plus profonds abîmes !

Que pour venger David , le Seigneur & fa Loi,

Tous les maux que tu fais viennent fondre fur toi !

ACHITOPHEL.

Le Ciel n'agira point au gré de vos caprices ;

Allez , allez au Temple offrir vos facrifices.

Pourquoi dans cette Cour paroître avec éclat ?

Eft-ce à vous de regler les deftins de l'Etat ?

David par vôs confeils s'étoit laiffé féduire ;

Par d'autres que par vous Abfalon doit s'inftruire.

Les Enfans de Levi confacrés aux Autels ,

Ne fauroient les quitter fans être criminels.

F

SCENE V.

Les mêmes. C H U S A I.

ABSALON *à Chusaï*

APROCHE, j'ai sur toi placé ma confiance.
Les refus de Sadoc irritent ma vengeance.

Reduis, si tu le peux, cet esprit obstiné.

Que mon Frère au-plûtôt ici soit amené :

Autrement dans l'excès de ma juste colère,

Je vais porter l'horreur jusques au Sanctuaire.

Je ne reconnois point ces aziles sacrés,

Les glaives & les feux sont déja préparés.

Je reviens.

Absalon sort avec Achitophel.

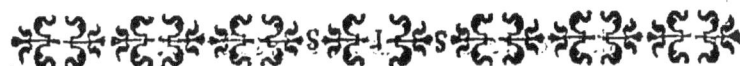

SCENE VI.

S A D O C, C H U S A I.

S A D O C.

JUSTE Ciel ! quelle bouche infidèle
Découvre Salomon, & le livre au rébelle !

Mais il lui reste encor cet Autel pour apui,

Je cours pour le défendre, ou périr avec lui.

Toi! si tu sens encor de l'amour pour ton Maître,

Qu'il éclate, il est tems.

CHUSAÏ.

Pour le faire paroitre,

S'il ne faloit, Sadoc, que de hardis efforts,

Bientôt on me verroit affronter mille morts;

Mais au lieu de la force à présent inutile,

Le tems & le conseil nous ouvrent un azile:

Rassurez-vous: on peut amenant Salomon....

SADOC.

Moi! remettre ce gage au pouvoir d'Absalon!

CHUSAÏ.

Ses jours sont assurés; on veille à leur défense.

J'ai déja d'Absalon gagné la confiance;

Dieu même se déclare; & sa juste fureur

L'abandonne à l'esprit d'imprudence & d'erreur:

Il ne fait soutenir, ni retracter ses crimes.

Achitophel a beau débiter ses maximes,

Ses conseils par les miens ont été confondus;

S'il en eût été crû, David ne seroit plus:

Mais quoique maintenant Absalon exécute,

Je crains peu de mon Roi la défaite & la chûte ;

Les Enfans de Juda viennent de toutes parts

Sur les bords du Cédron fuivre fes Etendarts ;

Les Troupes du Jourdain s'armant pour fa querelle,

Courent où le devoir & l'honneur les apelle ;

Et du Camp de David ranimant la vigueur ,

D'un Roi qui fuit , peut être en feront un vainqueur.

Mais fi d'Achitophel je confonds la malice ,

Si je tire David des bords du précipice ,

Ne puis-je pas fauver Salomon à fon tour ?

Comptez fur tous les foins d'un zéle plein d'amour.

S A D O C.

Eh ! que peut cet amour contre la perfidie ?

C H U S A ï.

Mes amis font armés pour défendre fa vie ;

Pontife , raffurez votre efprit confterné ;

Le Saint Temple aux méchans n'eft point abandonné.

Le tems preffe , de tout je pourrai vous inftruire ;

Mais fongez qu'à vos vœux trop de zéle peut nuire.

Epargnez-vous de voir les dernières horreurs ;

Vous favez d'Abfalon jufqu'où vont les fureurs ;

On les calme en cédant , des refus les irritent.

Je faurai profiter des remords qui l'agitent.

SADOC.

Le croyez - vous encor capable de remords ?

CHUSAï.

Oüi : pour les étouffer , il fait de vains efforts.

Qui fait fi Salomon paroiffant à fa vûë,

Son ame , en le voïant , n'en fera point émûë ?

Ce barbare peut - être en deviendra plus doux.

L'innocence aifément apaife le courroux.

Salomon devant lui fera parler fes larmes ;

Sa beauté , fa douceur lui prêteront ces charmes,

Qui gagnant les efprits & captivant les cœurs ,

Des Tirans les plus fiers furent toujours vainqueurs…..

SCENE VII.

Les mêmes , ABSALON *rentre avec*
ACHITOPHEL.

CHUSAï *les apercevant parle ainfi à Sadoc.*

Pourquoi par vos refus vouloir troubler l'Empire ?
Les ordres d'Abfalon auroient dû vous fuffire ;

L'Eternel l'a choifi pour regner en ces lieux ;

Reconnoiffez un Roi qu'ont avoüé les Cieux ;

Et n'apréhendez point qu'il aille en fa colére ,

Se baigner lâchement dans le fang de fon Frére.

Voudroit - il fe foüiller par un tel attentat ,

Et d'un Regne naiffant obfcurcir tout l'éclat ?

SADOC.

Dieu Puiffant ! dont le bras protège l'innocence ,

Jette un regard fur nous , & prens notre défenfe !

*à Abfalon.   * Prince , fi du Seigneur vous refpectez le Nom ,

Aprenez que ce Dieu veille fur Salomon ;

Modérez les tranfports de votre injufte haine ,

Et je confens qu'ici Chufaï vous l'amène.

ABSALON.

Qu'il vienne , c'eft affez.

SADOC.

Ne vous attendez pas ,

Que je puiffe un moment abandonner fes pas ;

Je veillerai , Seigneur , fans ceffe fur fa vie ;

Mais fi jufqu'à l'excès pouffant la barbarie ,

Un traître , j'en frémis , s'armoit pour le percer ,

* Voilà , voilà par où fa main doit commencer.

* Il montre
fon cœur.

SCENE VIII.

SADOC *fort avec* CHUSAI, ASAPH *entre*,
ABSALON, ACHITOPHEL.

ASAPH.

Puis - je enfin à Joab porter votre réponse ?
Seigneur, de votre part que faut-il que j'annonce ?
Pour prix de ses bienfaits Joab s'étoit promis,
Qu'en ses mains Salomon devoit être remis.

ABSALON.

Et moi, j'ignore encor, par quel droit, à quel titre,
Des jours de Salomon Joab veut être arbitre ?
Qu'il cesse d'y penser.

ASAPH.

Prince, après ce refus,
Aux bienfaits de Joab ne vous attendez plus.
Voïez ce qu'il a fait, voïez ce que vous faites,
C'est lui qui vous a mis sur le Trône où vous êtes :
Si Joab à vos vœux n'eût enfin consenti,
Quel homme en Israël eût pris votre parti ?
Auriez - vous jamais pû, sans sa prudence extrême,
Aujourd'hui dans Sion ceindre le Diadême ?

Et malgré ces faveurs, vous soupçonnez sa foi !

Vous l'oubliez, Seigneur, quand il vous a fait Roi !

Ah ! puisqu'il ne voit plus en vous qu'une ame ingrate,

Il est tems à son tour que sa vengeance éclate ;

Oüi ; ce Joab qui fut votre unique soutien,

Ce Joab qu'à présent vous ne comptez pour rien,

Voici ce qu'il vous dit dans sa juste colère :

Je vous laisse ; je rends le Trône à votre Père.

ABSALON.

Et David & Joab abattus aujourd'hui,

Sauront que ma valeur seule fait mon apui.

*à Asaph.   * Sortez.

SCENE IX.

ABSALON, ACHITOPHEL.

ABSALON.

Quoi ! joindre encor l'insulte à la menace !

Jusqu'où porteroit-il, l'insolent, son audace,

Si j'allois lâchement mandier son secours ?

Mais va ; de tes desseins j'arrêterai le cours.

ACHITOPHEL.

Ne perdons point le tems en des discours frivoles,

Je le connois : Joab joint l'effet aux paroles.

Je vais , fans plus tarder , examiner fes pas.

ABSALON.

Va , cours ; & s'il le faut , raffemble mes Soldats.

SCENE X.

SADOC, SALOMON, ABSALON,
CHUSAI, *Gardes*.

SALOMON.

POntife ! vous pleurez ! Une main ennemie ,
Hélas ! je le vois bien , va m'arracher la vie.

Mon Frère ! par quel crime ai-je pû mériter

Les coups que contre moi vous faites éclater ?

ABSALON.

Ton crime ! le voici : Betfabée eft ta Mère.

SALOMON.

Je l'avoüe , il eft vrai ; mais vous êtes mon Frère.

ABSALON.

Ton Frère ! Jufqu'ici tu femblois ignorer

Ce tître , dont enfin tu daignes m'honorer.

Et ceux qu'on a chargé d'inftruire ton enfance ,

T'aprennent un peu tard mes droits & ma naiffance.

Mieux inftruit à flater mon Père dans fa Cour ,

Tu favois m'enlever mon rang & fon amour.

SALOMON.

Soumis à mes devoirs , je l'honore & je l'aime ;
Vous gagneriez son cœur , si vous l'aimiez de même.

ABSALON.

Laissons - là ce discours. Parle : je veux savoir ,
Sous quel nom , en ces lieux , on t'a dit de me voir.

SALOMON.

Vous venez à mon Père enlever la Couronne :
Ah mon Frère ! ah ! quel nom faut-il que l'on vous donne ?

SADOC.

Hélas ! un jeune enfant peut-il s'expliquer mieux ?
Vous vous glorifiez de ce crime à nos yeux.

ABSALON.

A votre avis ; jamais ce crime ne s'efface,
A moins qu'à Salomon je ne cède la place ;
à Salomon * Mais aprends que le Ciel me faisant ton aîné ,
M'oblige à soutenir le droit qu'il m'a donné.

SALOMON.

Je respecte vos droits ; mais s'ils sont légitimes,
Faut - il les soutenir , mon Frère , par des crimes ?

ABSALON.

Aisément contre moi tu trouves des raisons.
Voilà , Sadoc , voilà l'effet de vos leçons.
En l'instruisant ainsi , vous saurez si bien faire ,
Que vous rendrez enfin sa perte nécessaire.

Et je ne fai.... s'il faut.... que ma haine à l'inftant....
Soldats....

CHUSAÏ.

Eh ! méprifez les difcours d'un enfant.

SALOMON.

Si vous voulez ma vie , ah ! je vous l'abandonne ;
Tenez , voilà mon cœur ; frapez... je vous pardonne.
Trop heureux ! fi je puis par mon fang aujourd'hui,
Faire regner mon Père , & vous-même après lui !

SADOC.

Ciel ! ajoute à ces pleurs ta grace & ta puiſſance.

SALOMON.

Sauvez, aimez un Père , & de votre vengeance
Faites , faites fur moi tomber tout le courroux.

ABSALON.

Tu me hais encor plus que tu ne crains mes coups.

SALOMON.

Moi ! vous haïr ! Hélas ! mon Frère ! je vous aime.

ABSALON.

Tu m'aimes !

SALOMON.

Croïez-m'en , & bien plus que moi-même.

ABSALON.

Qu'entends-je ? Quelle voix s'élève dans mon cœur ?
Eſt-ce donc la pitié qui fufpend ma fureur ?

SADOC.

Enfin, graces au Ciel, le fang & la nature

Font naître en votre cœur un fi jufte murmure.

Hélas ! fi les méchans n'en euffent triomphé,

Ce cœur, jamais ce cœur l'auroit-il étouffé ?

SALOMON.

Au nom de vos vertus, par toute ma tendreffe,

Pour un Père, pour vous, fouffrez que je vous preffe.

ABSALON.

Eh ! que voulez-vous donc ?

SALOMON.

Hélas ! ce que je veux !

Que vous aïez pitié d'un Père malheureux.

*Il fe jette à fes genoux

* Seigneur ! par ces genoux que votre Frère embraffe,

Que mon Père aujourd'hui près de vous trouve grace ;

Laiffez aller en paix fa vieilleffe au tombeau.

Quand la mort de fes jours éteindra le flambeau,

Vous regnerez alors au gré de votre envie ;

Pour vous plaire, il n'eft rien que je ne facrifie :

Je me foumets à vous, je refpecte vos droits ;

Et mon bonheur fera de vivre fous vos loix.

ABSALON.

Quoi ! les pleurs d'un enfant apaifent ma colère.

SALOMON.

Que ne puis-je vous voir revenir à mon Père !

Si d'un pareil bonheur je pouvois me flater,

Au prix de tout mon fang, je voudrois l'acheter.

ABSALON.

Où fuis-je ? Malgré moi je fens couler mes larmes.

SALOMON.

Mon Frère ! écoutez-moi, finiffez nos alarmes.

ABSALON.

Ciel ! de quels mouvemens mon cœur eft combattu ?

SADOC.

Prince ! vous étiez fait pour aimer la vertu.

ABSALON.

Mon Frère, levez-vous.... Eh ! quoi ! plus de vengeance !

Ah ! nature ! eft-il tems de prendre fa défenfe ?

Hélas !

SCENE XI.

Les mêmes. ACHITOPHEL.

ACHITOPHEL.

O Ciel ! Qu'entens-je ! & qu'eft-ce que je voi ?

Quoi ! vous pleurez, Seigneur, ah ! vous n'êtes plus Roi !

D'un Rival odieux vous prenez la défenfe !

Un Prêtre, un Impofteur calme votre vengeance !

Vous vous livrez en proïe à leurs traits ennemis !

Leurs prières , leurs pleurs vous ont presque soumis !

Eh bien ! immolez-vous aux transports de leur haine ,

Remettez à David la grandeur souveraine ;

Vous-même renversez votre illustre projet ;

De Roi que vous étiez redevenez sujet.

Voilà qu? de fureur & de rage animée ,

Joab fait vers ces lieux avancer son Armée ;

Votre Trône jamais ne fut moins assuré ;

Vous vous êtes perdu , pour avoir differé.

Déja ses Bataillons s'étendent dans la plaine ;

Et ce Chef contre vous inspire à tous sa haine.

Le nombre des Guerriers grossit à chaque instant.

Pour moi ! je cours , Seigneur , où le devoir m'attend.

Mais tandis que pour vous on hazarde sa vie ,

Quand on va de Joab arrêter la furie ,

Livrez-vous sans reserve à de lâches remords ;

De vos ennemis même aprouvez les transports ;

Epargnez Salomon ; rougissez d'un faux crime ;

Et devenez enfin vous-même sa victime.

ABSALON.

Moi ! sa victime ! ô Ciel ! ah ! tu m'ouvres les yeux !

Oüi : j'aperçois déja le précipice affreux ,

Qu'ouvroit dessous mes pas une vaine tendresse.

Remords , disparoissez , vous n'êtes que foiblesse !

Non , non , vous n'aurez plus d'empire sur mon cœur !

Abſalon n'a jamais ſenti plus de fureur.

Joab vient! ah le traître! il y va de ma gloire.

Raſſemble mon Armée, & cours à la victoire;
Je te ſuis.

SCENE XII.

Les mêmes, excepté A C H I T O P H E L.

S A L O M O N.

AH! mon Frère!

A B S A L O N.

Allez, retirez-vous.

Je rougis d'avoir pû ſuſpendre mon courroux.

Je ſaurai, ✻ malheureux, je ſaurai vous confondre.

Rentrez.... Toi, Chuſaï! prens ſoin de m'en répondre.

Et moi, dans les accès de mon juſte tranſport,

Je vais porter l'horreur, le carnage & la mort.

Courons pour nous venger... Mais c'eſt contre mon Père,

Qu'importe? Amour, reſpect, tout cède à ma colère.

✻ Il parle à Sadoc & à Salomon.

Fin du quatriéme Acte.

ACTE CINQUIEME.

SCENE I.

CHUSAI, ACHITOPHEL.

CHUSAÏ.

QUoi ! tandis qu'Abfalon court peut-être au trépas,
Achitophel le quitte , & porte ici fes pas !
Quel deffein , dans ces murs , vous oblige à vous rendre ?

ACHITOPHEL.

Si je quitte Abfalon , c'eft pour mieux le défendre ;
Plût au Ciel que mon bras pût encore.... Mais toi !
Parle , peut - on compter aujourd'hui fur ta foi ?
Au Prince que je fers es - tu vraîment fidèle ?
Chufaï !

CHUSAÏ.

Doute - tu de l'ardeur de mon zèle ?

ACHITOPHEL.

Eh bien ! en fa faveur qu'il éclate aujourd'hui.

CHUSAÏ.

Dis - moi donc ce qu'il faut que je faffe pour lui.

ACHITO-

ACHITOPHEL.

Chusaï : c'en est fait : la fortune contraire

Ote le Sceptre au Fils, & le redonne au Père ;

Absalon fait pour vaincre un inutile effort,

Joab traine avec lui le carnage & la mort.

A peine a-t-il parû, qu'au transport qui le guide,

Nos Soldats n'ont fait voir qu'une valeur timide,

Et moi-même j'ai vû leur sang, à gros bouillons,

Des plaines d'alentour inonder les sillons.

Cependant de ce Chef quelle que soit la gloire,

Il nous est libre encor de troubler la victoire.

Nous pouvons à son Char, enchaînant les malheurs,

Faire pleurer David du succès des Vainqueurs,

D'un Prince malheureux réparer la fortune,

Et nous-même éviter une perte commune.

CHUSAÏ.

Mais de si grands malheurs laissent-ils quelque espoir ?

ACHITOPHEL.

Salomon n'est-il pas encor en ton pouvoir ?

Oüi : sa mort (c'est en vain que ton cœur en murmure)

Du sort qui nous poursuit doit réparer l'injure ;

Elle n'est plus un crime, un énorme attentat,

Nos malheurs l'ont renduë un heureux coup d'Etat,

Et dès-lors qu'aux vaincus ce coup est salutaire,

G

S'il n'eft jufte, du moins il devient néceffaire.

CHUSAÏ.

Craignons le défefpoir de David & fes pleurs,

Il vengeroit fur nous fa perte & fes douleurs.

ACHITOPHEL.

Tu fais pour fes enfans quelle eft fa complaifance.

Si le meurtre d'un Fils irrite fa vengeance,

Son amour partagé ceffe de la pouffer,

Quand fur un autre Fils elle doit s'exercer;

Ainfi, quoique la mort du Fils de l'adultère

Dans le cœur de David allume la colère;

Quoiqu'elle excite en lui des tranfports furieux,

Abfalon trouvera grace devant fes yeux:

J'ofe même affurer, fi Salomon expire,

Qu'Abfalon reprenant tous fes droits à l'Empire,

Poûrra lui-même enfin, pour prix de nos bienfaits,

Da s l'efprit de David effacer nos forfaits.

CHUSAÏ.

Je vais te faire voir le zèle qui m'anime:

Abfalon eft perdu! tu veux une victime;

Il faut la préfenter au-plûtôt à tes yeux.

Gardes! faites venir Salomon en ces lieux.

Profite bien du tems: le malheur de nos armes

A déja dans Sion répandu les alarmes ;

Et les Peuples frapés du deftin d'Abfalon,

Pourroient par un retour acheter leur pardon.

ACHITOPHEL.

Ce retour eft un crime : il faut qu'on le puniffe,

Et que de Salomon il hâte le fuplice.

Si ton bras par fa mort craint de fe fignaler,

Je me chargerai, moi, du foin de l'immoler.

Mais que vois-je ?.... Sadoc !

***

SCENE II.

SADOC, *les mêmes.*

SADOC.

TE voilà donc perfide !

D'un Enfant au berceau déteftable homicide !

Le bras du Tout-Puiffant commence à te fraper ;

A fa jufte fureur tu ne peux échaper.

Le Seigneur t'a jugé : va, malheureux parjure,

Ce jour de tes forfaits a comblé la mefure.

Tu voulois renverfer cet * Azile Sacré,

Tu vas périr, ainfi qu'Abiron & Coré ;

* Il montre le Tabernacle.

Déja deſſous tes pas je vois la terre ouverte.....

Mais non.... ton déſeſpoir ſuffira pour ta perte ;

Et ton bras puniſſant tes crimes odieux ,

Mieux que la foudre encor juſtifiera les Cieux.

A C H I T O P H E L.

Les effets vont bientôt montrer ſur quelle tête ,

Doit du Ciel en courroux retomber la tempête ;

Mes deſſeins malgré vous peuvent être accomplis.

* à Chuſai.　* Exécute au - plûtôt ce que tu m'as promis.

S A D O C.

Tu veux voir Salomon , je veux te ſatisfaire :

* Ici le
Sanctuaire
s'ouvre, &
Salomon pa-
roit accom-
pagne de
Gardes &
de Levites.
　　Prêtres ! Levites Saints ! ouvrez le Sanctuaire. *

SCENE III.

S A L O M O N , Les Levites. Les mêmes.

S A L O M O N à Sadoc.

MON Pére , quel objet ſe préſente à mes yeux ?
Quel deſſein à conduit ce perfide en ces lieux ?

S A D O C.

Oüi , le voilà ; mon Fils ! ce monſtre abominable ,

Qui devoit en ce jour , d'une main exécrablx ,

Après avoir porté l'horreur dans Iſraël ,

Profaner la Sainte Arche , & brûler cet Autel ;

Il voudroit même encor , dans fa fureur extrême ,

Aux piés du Dieu vivant vous égorger vous - même ;

Mais n'apréhendez pas l'effet de fon courroux ;

Le Ciel qui le pourfuit va combattre pour vous.

Dieu vous aime , mon Fils !

ACHITOPHEL.

Pontife téméraire !

Il vous fied bien ici de braver ma colère ?

Pourquoi ce zèle amer & ces cris furieux ?

Savez-vous qu'Abfalon commande dans ces lieux ,

Et que je puis encor , pour venger mon outrage ,

Faire dans votre fang expirer votre rage ,

Vous rendre.... Mais calmons ces tranfports violens :

Gardes ! faites rentrer ces Prêtres infolens.

CHUSAÏ.

Gardes ! c'eft à moi feul qu'il faut qu'on obéïffe.

* Reftez.

ACHITOPHEL.

Que vois-je ? ô Ciel ! ah ! quel noir artifice !

CHUSAÏ.

Veillez fur cet enfant.

ACHITOPHEL.

Ah ! nous fommes trahis !

Perfide ! eft - ce donc là ce que tu m'as promis ?

CHUSAÏ.

Aprens, Achitophel, qu'il n'eſt ici de traître,
Que celui qui ravit la Couronne à ſon Maître.

ACHITOPHEL.

Abſalon cependant a compté ſur ta foi.

CHUSAÏ.

Je la garde à David, & lui ſeul eſt mon Roi.

ACHITOPHEL.

Où ſont donc tes ſermens ?

CHUSAÏ.

     J'ai pû jurer ſans crime,
D'être toujours fidèle à mon Roi légitime.

ACHITOPHEL.

N'avois-tu pas juré de ſoutenir ſon Fils ?

CHUSAÏ.

Ce Fils, c'eſt Salomon, tu dois l'avoir compris.
Quoi ! devois-tu penſer, peu ſoigneux de ma gloire,
Que je pûſſe commettre une action ſi noire ;
Et qu'oſant imiter un lâche tel que toi,
Je trahiſſe mon Dieu, ma Patrie & mon Roi ?
Ne crois pas cependant que mon ame inhumaine
Ait conçû pour ton Maître une fatale haine ?
Plus que toi malheureux, je chéris Abſalon,
Et je n'ai de l'horreur que pour ſa trahiſon.
J'ai cherché, je l'avoüe, en gagnant ſon eſtime,

Par d'innocens détours, à l'enlever au crime.

Sans toi, sans tes conseils j'eusse pû réüssir.

Devant son Frère, hélas ! je l'ai vû s'adoucir.

Les soupirs d'un enfant ont fait couler ses larmes,

Ils avoient de ses mains presqu'arraché les armes ;

La nature déja redoublant ses efforts,

Faisoit naître en son cœur de vertueux remords :

Mais tu n'as pû souffrir (tant la vertu t'offense)

Qu'un moment avec elle il fut d'intelligence.

Ta voix a dans son sein rallumé les fureurs ;

Tu l'as conduit toi-même au comble des horreurs,

Ah ! s'il faut qu'en ce jour ce malheureux périsse,

Je ne suis de sa mort l'auteur, ni le complice :

Toi seul as préparé son funeste destin ;

Sa perte est seulement l'ouvrage de ta main.

ACHITOPHEL.

Cesse de t'aplaudir d'une espérance vaine ?

La perte d'Absalon n'est pas encor certaine ;

Et le traître Joab enflé de ses progrès,

Peut trouver à Sion la fin de ses succès.

Nos Guerriers sont outrés, ils n'ont plus d'espérance,

Qu'au courroux qu'en leur cœur allume la vengeance ;

Mais leur fier désespoir ranimant leur valeur,

Au pié de ce rempart confondra le Vainqueur.

Et moi , pour féconder leur ardeur ou leur rage,

Je vais mettre le fer & la flâme en ufage ,

Faire tonner la foudre , & naître le trépas....

Craignez , traîtres , craignez mes confeils & mon bras.

§

SCENE IV.

ETHAI, *Les mêmes.*

ETHAI.

ARRETE , * malheureux ! ame lâche & fervile !
Non : il n'eft plus pour toi ni d'efpoir , ni d'azile :

Jerufalem , le Peuple , enfin , tout s'eft foumis ,

Et David en ces lieux ne craint plus d'ennemis.

ACHITOPHEL.

O Ciel !

SALOMON.

Quel heureux fort ! je vais revoir mon Père !

SADOC.

Oüi , mon Fils ! le Seigneur a calmé fa colère.

Mais achève , Ethaï ; dis - moi par quel bonheur

Sion a reconnu fon fouverain Seigneur.

ETHAÏ.

Oüi , * traître ! l'Eternel confond ton artifice ,

Et la Victoire enfin couronne la justice.

Comme on voit dans les airs l'aquilon furieux,

Faire fuir devant lui les nuages des Cieux,

A l'aspect de Joab qui semoit l'épouvante,

Absalon a vû fuir son Armée insolente ;

Et vingt mille des siens restés parmi les morts,

Du rapide Cédron ensanglantent les bords :

Mille voix dans Sion en portent la nouvelle :

On voit que de David Dieu venge la querelle.

Et le Peuple honteux de son iniquité,

Rend aux plus Grand des Rois l'hommage mérité.

Les barbares auteurs de nos tristes alarmes,

Bientôt à ses genoux vont déposer les armes ;

Les plus audacieux recherchent son apui,

Et dans eux les remords ont triomphé pour lui.

Absalon à leurs yeux n'est plus qu'un parricide ;

Ce Prince est en horreur : mais moins que toi, perfide ; *   * à Achi-
                                                              tophel.
C'est toi qui vers le crime as conduit tous ses pas ;

On impute à toi seul ses plus noirs attentats.

ACHITOPHEL.

Ah ! leur reproche est juste ; & je suis seul coupable.....

Je suis l'unique auteur de son sort déplorable....

O de ma trahison triste, mais digne fruit !....

Forfaits ! crimes ! horreurs ! où m'avez-vous conduit ?

Que vais-je devenir ?... Et quel espoir me reste ?

Jerusalem m'abhorre , & le Ciel me déteste.

Traître ! pour expier tant de crimes divers ,

Il ne te reste plus d'azile qu'aux enfers.

Voilà le terme affreux où m'ont conduit mes crimes.

O rage ! ah ! j'aperçois ces ténébreux abîmes.

Sur ma tête déja la foudre retentit ;

La terre sous mes pas s'ouvre , fond , m'engloutit.

Où suis-je ?... Mon esprit se trouble & s'embarrasse....

Près de David encor je puis obtenir grace ?...

Ah ! cesse d'y penser.... Cet indigne pardon

Obscurciroit sa gloire , & flétriroit son nom ;

C'en est fait : malheureux !.... Il faut que je périsse...

Le jour m'est en horreur & la vie un suplice.

Finissons au-plûtôt des jours infortunés ,

Sort. Mes crimes sont trop grands pour être pardonnés. ✳

CHUSAÏ *aux Gardes.*

Gardes ! suivez ses pas.

SADOC.

Va joüir de tes crimes ,

Va semer à présent tes affreuses maximes !

Ou plûtôt, Scélérat, périsse , comme toi ,

Quiconque à son Monarque ose manquer de foi.

Sion , chère Sion , ton bonheur va renaître ,

Ton Aftre bienfaifant eft prêt à reparoître ;

Et Dieu mettant pour toi le comble à fes bienfaits ,

Va te rendre à tes yeux plus brillant que jamais.

Mais déja ce Palais * retentit de fa gloire ,

J'entens des cris de joïe & des chants de victoire ;

David aproche , il vient.... Ah !... c'eft lui que je voi.

Quel triomphe !

* Ici on entend un grand bruit de guerre.

☙❦☙❦☙❦☙❦☙❦ * ☙❦ ☙❦ * ☙❦☙❦☙❦☙❦☙❦

SCENE V.

DAVID & fa Suite, les mêmes, excepté ACHITOPHEL.

Plufieurs Levites.

O Bonheur !

S A L O M O N.

O mon Père !

C H U S A Ï.

O mon Roi !

D A V I D.

Venez , mon Fils , venez , embraffez votre Père !

Qu'il m'eft doux de revoir une tête fi chère !

O jour vraîment heureux !

S A L O M O N.

O fortunés momens !

DAVID.

Rien ne peut égaler les transports que je sens.

Que ta vûë, ô mon Fils, pour ton Père à de charmes !

Elle attendrit mon cœur... Je sens couler mes larmes.

SALOMON.

Le plaisir de vous voir après tant de malheurs,

Me cou...pe... la parole... & fait couler... mes pleurs.

DAVID. *

*Ill se tourne vers le San- ctuaire.

Sois bénie à jamais, ô Majesté Suprême !

Ton amour aujourd'hui me rend tout ce que j'aime.

Oüi : je vous vois encor, Sainte Arche ! auguste Autel !

Tabernacle Sacré ! Séjour de l'Eternel !

Je vous vois, & je puis dans votre heureuse enceinte,

Célébrer sa grandeur sur la Montagne sainte,

Chanter tous ses bienfaits, & dire à l'Univers,

Que rien n'est comparable au Grand Dieu que je sers.

SADOC.

Les méchans s'élevoient ; mais leur gloire obscurcie

N'a parû qu'un moment, & s'est évanoüie,

Leurs complots dissipés ne laissent dans Sion,

Que la honte du crime & l'horreur de leur nom.

DAVID.

Votre zèle, Sadoc, & votre ardeur sincère

Font la gloire du Dieu qu'en ce Temple on revère.

Et toi , qui d'Ifraël es devenu l'apui ,

Toi , de qui les confeils nous fauvent aujourd'hui ,

Chufaï , qu'attends - tu de ma reconnoiffance ?

CHUSAÏ.

Vous triomphez , Grand Roi , voilà ma récompenfe.

SCENE VI.

JONATHAM , les mêmes.

JONATHAM.

ACHITOPHEL , Seigneur ....

DAVID.

Vit - il , ce malheureux ?

Il ne doit expirer qu'en des tourmens affreux.

JONATHAM.

Lui - même il s'eft jugé : par un honteux fuplice ,

Il vient de prévenir , Seigneur , votre juftice.

Il fortoit de ces lieux , écumant de fureur ,

Le blafphême en fa bouche & la rage en fon cœur ,

C'eft à moi de punir , dit - il , ma perfidie ,

Et d'un lien fatal il termine fa vie.

Son corps où font tracés les traits d'un criminel ,

Sufpendu fait l'horreur & l'effroi d'Ifraël.

DAVID.

Ah ! je verrai mon Fils : c'en eſt fait : quelle joïe !

Abſalon ! ſe peut-il qu'un Père te revoïe ?

Achitophel n'eſt plus ; & ſa mort m'a rendu

Ce Fils infortuné que je croïois perdu.

Reviens , cher Abſalon , ne crains point ma colère ;

Quelqu'ingrat que tu ſois , je ſens que je ſuis Père.

Je te rends en ce jour toute mon amitié ;

Tu fus moins criminel que digne de pitié.

Un Favori perfide a ſéduit ta jeuneſſe ,

Et ton crime eſt plûtôt l'effet de la foibleſſe.

Sans ce rébelle encor je pourrois en ces lieux ,

Du plaiſir de te voir raſſaſier mes yeux :

Mais tu ne t'offres point à mon amour extrême ;

Abſalon ! ô mon Fils ! doutes-tu que je t'aime ?

Où fuis-tu ? dans quels lieux iras-tu te cacher ,

Où mon cœur ne m'entraine , & n'aille te chercher ?

SCENE VII.

ASAPH, *les mêmes.*

DAVID *à Asaph.*

APROCHE : nos Guerriers à mes ordres fidèles,
Epargnent-ils le sang de mes Sujets rébelles ?
Qu'est devenu mon Fils ?

ASAPH.

Béni soit à jamais
Le Dieu qui sur David a versé ses bienfaits !
Vous avez d'Absalon vû les Troupes craintives
Ceder à nos efforts, & fuir loin de ces rives ;
Mais Joab les poursuit : Devant vos Etendarts
Il dissipe, Seigneur, ce reste de fuïards ;
Et par ce dernier coup achevant la victoire,
Il vient de mettre enfin le comble à votre gloire,
Déja même déja, dans l'espoir du pardon,
On vient de toutes parts....

DAVID.

Mais mon Fils Absalon ?

ASAPH.

Sur un Coursier fougueux qu'il presse & qu'il irrite,

Moi - même je l'ai vû précipiter sa fuite.

DAVID.

Eh bien !

ASAPH.

Ses longs cheveux, par sa course agités ,

Dans un branchage épais se trouvent arrêtés ;

Il s'agite , il s'élance , il presse ; & quoiqu'il fasse ,

Plus ses efforts sont grands , & plus il s'embarrasse ,

Son Coursier indompté ne l'a point entendu :

Il part ; & s'échapant , le laisse suspendu.

DAVID.

Juste Ciel ! ô mon Fils ! parle ? Vit-il encore ?

ASAPH.

Puisse le Dieu Vivant que votre cœur adore ,

Sur tous vos ennemis exerçant son pouvoir ,

Ainsi que dans ce jour confondre leur espoir.

CHUSAI.

O Malheur !

SALOMON.

O mon Frère !

SADOC.

O vengeance céleste !

DAVID.

Ciel ! achève ?

ASAPH.

A s a p h.

Ah ! Seigneur , épargnez-moi le reste.

SCENE VIII.

J O A B, *Les mêmes.*

J o a b.

Oui , Seigneur , vous regnez ; & votre indigne Fils
a de ses noirs forfaits enfin reçû le prix.

D a v i d.

Il est mort... ô mon Fils !.... Quelle main ennemie ,
Hélas ! malgré mes soins , a terminé ta vie !

J o a b.

J'ai compris que l'excès de l'amour paternel
Vous feroit épargner un sang trop criminel.
N'en doutez pas , Seigneur , une ame si hautaine
N'auroit jamais païé votre amour que de haine ;
Et ce Prince emporté par son ambition ,
Rallumant le flambeau de la rébellion ,
Alloit remplir ces lieux de sang & de carnage ,
Et vous eût immolé tôt ou tard à sa rage.
Le Ciel a décidé : l'exposant à nos traits ,

H

Il nous a donné droit de punir ſes forfaits.

Au hazard d'attirer ſur moi votre colère ,

J'ai dû perdre le Fils , pour ſoutenir le Père.

DAVID.

Quoi ! la mort de mon Fils eſt un coup de ta main !

Achève , traître , achève , & perce - moi le ſein.

Quelle eſt donc contre moi ta barbarie extrême !

Tu fais périr mon Fils , & tu ſais que je l'aime.

Perfide ! ta fureur ne s'adreſſoit pas bien ,

Il faloit dans ce cœur venir chercher le ſien.

Ah ! Joab , eſt-ce ainſi que ta fureur brutale

Change en un deüil amer ma pompe triomphale ?

Tu m'offres des lauriers teints du ſang de mon Fils,

Cruel ! de mes bontés étoit- ce là le prix ?

O jour infortuné ! victoire que j'abhorre !

Abſalon , tu n'es plus.... & moi, je vis encore !

O perte irréparable ! ô regrets ſuperflus !

O mon cher Abſalon !.... je ne te verrai plus !

Tu meurs !... & dans l'inſtant de ton ſort déplorable ,

Peut être de ta mort m'as - tu jugé coupable ?

Ah ! contemple l'excès de mes vives douleurs ,

Ecoute mes ſoupirs.... & vois couler mes pleurs.

Que ne puis-je en ce jour, en terminant ma vie,

Te redonner, mon Fils, celle qu'on t'a ravie !..

Abſalon.... Abſalon... ô mon cher Abſalon !....

　　Et toi *, traître ! attens-tu de moi quelque pardon ?　　* à Joab.

JOAB.

Vous connoitrez un jour le prix de mes ſervices.'

DAVID.

Je connois tes complots, je ſai tes artifices....

Mais, c'eſt au juſte Ciel à me venger de toi ;

Perfide ! crains ſes coups, va-t-en, & laiſſe moi.

SCENE IX.

Les mêmes, excepté JOAB.

DAVID.

EST-ce ainſi, mon cher Fils ! qu'une main trop bar-
　　　　bare,

D'un Père qui t'aimoit à jamais te ſépare ?

O douleur ! dont l'excès accable ma raiſon !

Abſalon.... Abſalon.... ô mon cher Abſalon !

SADOC.

Modérez ces tranſports d'une douleur amère !

Seigneur , vous êtes Roi.

D A V I D.

             Mais , Sadoc , je fuis Père.

Soutiens - moi , Dieu Puiſſant ! en l'état où je fuis ,

Toi feul ! tu peux calmer l'horreur de mes ennuis....

    Mais quel foudain tranſport s'empare de mon ame !

Où fuis - je ? quel éclat ! quelle divine flâme !

Dieu me parle..... Je vois tous les fiècles divers ,

Et je lis dans les Cieux le fort de l'Univers.

Lévites ! accordez les fons de votre Lyre

Aux divins mouvemens que l'Eſprit Saint m'inſpire.

TERRE , faites filence ! écoutez , Iſraël ,
    Les Oracles Sacrés que diête l'Eternel.

✦

    J'ai fait contre Abſalon éclater ma vengeance ,

Pour dérober tes jours aux fureurs de ton Fils ,

David ! de tes fanglots retiens la violence ;

Salomon eft ce Roi que je t'avois promis.

✦

       Regarde cet augufte Trône ,

       Sur lequel il paroit affis ;

Et les Peuples divers de fa gloire ébloüis ,

Qui viennent contempler l'éclat qui l'environne.

✦✦✦

Mais, que vois-je ? ô mon Fils ! quelle poſtérité !

De Héros & de Rois quelle ſuite nombreuſe !...

D'un Dieu dans un Mortel je vois la majeſté.

Le Saint des Saints... ô gloire ! ô race trop heureuſe !

✦✦✦

Guidés par un Aſtre nouveau,

Les Rois de l'Univers baiſſant leur tête altière,

Viennent, pour l'adorer, juſques dans ſon berceau,

Et de ſes piés ſacrés ils baiſent la pouſſière....

✦✦✦

Mais d'où vient que du jour s'éclipſe le flambeau ?

Quelle horreur !.... je frémis.... je ſens trembler la terre....

Le Ciel fait retentir le bruit de ſon tonnerre....

Quel ſuplice !... ah !.... mes ſens en ſont épouvantés !

Qu'as-tu fait ?.... Peuple ingrat !... barbares, arrêtez.

✦✦✦

Non, non.... laiſſez agir la fureur de ſon Père,

Son Sang de l'Univers doit laver les forfaits ;

Plus de crimes, plus de colère,

Il a vaincu la mort, les Cieux ſont ſatisfaits.

✦✦✦

Illuſtre rejetton des Enfans de Jeſſé !

Tu regneras un jour ſur la terre & ſur l'Onde :

L'orgüeil de Babylone eſt par toi renverſé ,

Et je vois à tes piés tous les Peuples du Monde.

O nouveau Salomon !.... mes yeux ſont obſcurcis ,

Et ces divins objets ſe ſont évanoüis.

Dans ce jour où le Ciel nous promet tant de gloire ,

Allons au Dieu Vivant offrir notre victoire ;

Et pour tous les bienfaits dont il comble Iſraël ,

Jurons - lui , mon cher Fils , un amour éternel.

Fin du cinquième & dernier Acte.

APROBATION.

J'Ai lû, par Ordre de Monseigneur le Chancelier, ABSALON, *TRAGEDIE*; & j'ai crû que cette Pièce, pleine de beautés, de génie, feroit dans la lecture le même plaisir qu'elle a fait dans les Répréfentations. A Marseille le 19. Août 1740.

DULARD.